林　嗣夫
代表詩選

ひぐらし

土曜美術社出版販売

林　嗣夫
代表詩選

ひぐらし＊目次

詩集『洗面器』（二〇一九年）抄

林 嗣夫

代表詩選

ひぐらし

詩集『むなしい仰角』（一九六五年）抄

ある残業

人のいない夜の職員室が
廃墟のように明るい
わたしはひとり残業する
部屋のすみずみから
きょうも
投げ捨てたからっぽの言葉を掃き集める
積みあげた本のかげに
爬虫類のようにうずくまって
子供たちの腹わたを始末する

蛍光灯の光が
蜘蛛の巣のように降り落ちる廊下
疲れた教室が眠っている
わたしはコンクリートの壁に
のびあがって
白い呪文を剝ぎとる
大きな箱を荷造りする
かなたの闇にむかって一列に
わたしのかずかずのぬけがらを荷造りする

夜ふけの校舎の内部に
ひとりの少年が灯をともす
「汽車に乗りおくれたのです」
見知らぬ少年と水道の水を汲む
三階のはてまでどくどくのぼってくる
燐のような水よ
洗えば洗うだけよごれるわたしの手

洗えば洗うだけ小さくなる少年の手
あすのために
ふたりで花瓶をうち砕く

見知らぬ少年と向き合ってすわる
図鑑を開く
教室の窓に立つ
ネオンの消えたあの森のあたりを
骨格から離れたばかりの大きな月が
いま赤く燃えながら
こちらにむかって
漂ってくる

黒板

わたしが一番うれしいのは
授業にいって
きれいに拭き掃除された黒板の前に立つ時だ
黒板が濃いみどりをたたえて澄みきっている時
私は思わずその前で
ネクタイを正し背広を正す
黒板が深い沈黙に広がる時
生徒たちはおのずととびはねるこころをおさえ
わたしは教壇で言葉を惜しむ
そうだ
黒板は海のように
深々と生徒たちの前にひろがっているだけでいいのだ
やがてはかない粉になって降り積もるわたしの白い思想で

それをよごす必要など
いったいどこにあるだろう

詩集『さわやかな濃度』（一九六六年）抄

窓

とてもわからなかったちかしい闇から
どぎつい青葉つめたい夏の空にむかって
蒸発していく蟬
そして街には静止した車があり
ポストがあり
海があるのです
ぼくは風のある窓で
捨てなくてはいけないものに
小さな表紙をつける

詩集『教室』（一九七〇年）抄

小さな詩

ぼくは生徒らの性器を拾い集めて
町へ商売に出かけていく
性器は教室で集めるのが手間が省けていい
たとえばぼくがシャツの腕をまくり
冷たいアスタイルを踏んで教室へ駆け込むと
生徒らはのけぞり　足を震わせ　顔をゆがめる
ぼくはさっそく彼らの股を押し開き
弾力ある生きものの部分を一つ一つもぎ取っていく
股の奥に十指を突っ込み　引き裂き
すきがあればすぐ生き残ってしまうこの醜い部分をつかみ出す

引きちぎり　握りつぶしては
机のすみにたたきつけ　息の根をとめる
校長先生　父兄たち　見て下さい
こうして教室を占拠したぼくの姿を
足を震わせて笑う生徒らの頭のむこうに
世界は金属破片のように晴れている！
さてぼくは床にのびた性器どもを拾い集め
鞄へつめ　町へ商売に出かけていく
ジャズ喫茶で腰を振りつづける色白娘には
首にぶら下げるアイドル
幹部候補の若い紳士には寝小便の薬
車をみがくスポンジ　その他使いみちはアイデア次第
ぼくは工場へも売りさばく
叩いたり引き延ばしたりさまざまな加工を施すのだ
売れ残りは家へ持って帰り
比較的形のいいのを選んでその一端に火をともし
妻と子供に童話を話して聞かせる

ところがときどきぼくはとんだ災難に遭う
処分したはずの性器どもが復讐にやってくる
夕暮れの下水にそった道などで
突然かん高い声を空いっぱいに反響させ
世界のむこうから見覚えのある生きものがぼくを襲う
酸素を吸い取ってふくれ
不思議な風圧の波紋を押し広げ
イカの群れのように泳いでくる　影の百千
「身のほど知らずめ！」
ぼくはからだじゅうの爪という爪で性器どもを突き刺すのだが
そのまま心臓を凍らせて横たわる
ぼくのこわきにはさんだ検定教科書や
ポケットにふくらむチョークが
わずかに小さな詩となってぼくの死体を照らしている

樹

建物の四階から
上に向かってのび広がってくる樹を見おろす
ある恐怖が
ぼくを窓にくぎづけにする

枝をもち上げ
葉という葉を原液のように震わせている樹
真上から見ていると
あの緑の光の渦に　ふと飛びつき
抱きつき
手足を広げたまま
どこまでも沈んでいきたい衝動にかられる

樹はたしかに
空に向かって秘密を開いている
樹は風の中に性器をひろげ
見えない声で叫びながら
恐ろしい交合を繰りかえしている
粘性の空の奥の奥にむかって
樹は満ちもだえ　直入し
激しく異議をとなえながら
全身が枝となり葉となって飛散するまで
悪臭にまみれ　のしかかってくる世界と
交合を繰りかえしている

樹よりも高い場所に
ぼくたちは
生きていることができるだろうか

詩集『教室詩篇』（一九七一年）抄

試験期

試験が近づいてくると、少女たちのからだに不思議な現象が起こる。指の股とか足の先などに、かすかに血を流すのだ。それも、ほんのちょっとしたきっかけから始まるようだ。たとえば授業中、ひとりの少女がハンカチを顔にあててふいと立ち上がる。「どうした。気分でも悪いのか。」「はい。ちょっと保健室へ行かせて下さい。」それは何かの合図なのだ。ひとりの少女がこうして教室を抜け出すと、その日のうちに必ず二、三人、同じようにして席を立つのである。そして翌日になると、もうクラスの半数以上が、からだのどこからかかすかに血を流しているのだ。それはちょうど渡り鳥などが、一羽鳴きだすと他の鳥たちが一斉に鳴きだすのと似ていて、何か少女たちだけの不思議なことばの交信に支配されているように見える。

出血の仕方や場所は、それぞれ個性と呼んでいいような差異がわずかながら認められる。たとえば指先でも、主として一本の指——親指とか、薬指とか——から血を流すもの。どの指も同じように赤くにじませるもの。爪の中に小さく血を含ませるものなど。また、耳たぶの先から出血の兆候を見せる少女もいるし、ふつうの生理や鼻血と同じ型をとるものもいる。このような現象が始まっても、少女たちはふだんの無邪気な活発さを失わないが、内部のたたかいと憔悴は、教壇に立っていればはっきりわかるのである。

（試験が近づくと、事務の吉岡さんが忙しくなる。先生が次々と持ってくる答案を印刷するのに、勤務時間を超過することがしばしばだ。しかし彼女は、こうしてだれもいない職員室に残って答案を数えたり、印刷室で輪転機をまわしたりしながら、実は大学生のMが来るのを待っているのである。Mはときどき、食堂で殺したブタの頭をもらいにやってくる。それを自転車のうしろに積んで職員室の前を通りかかる。印刷室の電気がついていると、彼は自転車をとめ、外からすりガラスを指でがちがちはじくのだ。ふたりのつきあいは、彼が本校へ教育実習に来た六月ごろからのことらしい。Ｍはブタの頭を持ち帰って、ダイナマイトを造るためのグリセリンを抽出するのだとか。）

試験の当日になると、少女たちの出血は、まるで潮が引くようにいつの間にかやんでいる。時に長びいてとまどっている少女を見うけることもあるが、それはまれだ。彼女たちの白く清潔な指は、何かをデザインするように、屈託なく、配られた答案の上を這う。そうして答案を書きあげた順に、少女は堅く変色して死んでいくのである。試験を受けている姿勢のままで、あるいは立ち上がろうとしてついよろけ、腰掛けにもたれて息絶える。やっとのことで教室を走り出た少女は、手洗いの横の廊下に倒れていたり、ネコのように行方不明になったりする。

詩集『袋』（一九八四年）抄

髪

　A子の髪の毛は、黒々とした量のまま、肩までまっすぐに流れ落ちる。それはほんの一瞬のできごとである。そこで髪はゆるやかにたわみ、幾すじかは、首をめぐる風となる。しかしほとんどは、落ちてきた速度のまま肩の上を走り、腕の方へ稜線をたどろうとするのだが、速度が次第にゆるむため、肩の上をたどりきれず、ふくらむ胸の方へ、あるいは広い背の方へと向きをかえ、他の髪の流れと合流するものも多い。胸、腹、腰を伝う髪は、かすかに波うち、もはや香りのようなものとなって、皮膚の起伏を忠実になぞる。そして最後に、髪はお互い呼び合いながら、A子の二本の足をつつむため、足首へむけて垂直に収束するのだ。つまり、顔も、からだも、すっぽりと、A子は自分の髪の毛につつまれ、大きなサナギの姿をして、季節の中に立っている。時々、この黒い流れを割って手が突き出し、あるいは風が吹いて、不意に二つの白い膝があらわとなったりする。

無数の黒々とした流れに束ね込まれてしまったA子。ぼくは彼女を捜すため、その圧倒的な量の髪を抱く。やわらかく、そして硬い光沢を。耳はどこに隠れて、流れ落ちる髪の滝音を聴いているのだろう。目はどこの淵に沈んで、髪をとおして外を見ているのだろう。ぼくは、髪の流れをさばくため、A子をベッドに押し倒す。髪は一瞬はね上がり、乱れ、とび散るが、ふたたびA子のやわらかいからだにはい上がり、まんべんなく覆ってしまう。ぼくは左手で首のあたりを抱きすくめ、右手で腹の上をはう髪を割くように払いのける。が、たちまち新しい流れが逆の方向から押し寄せる。ぼくはくちびるで、A子の顔を覆う髪の束を押しのけてみる。しかし髪はぼくの頬をはじき、あるいは口の中に湾入して窒息させようとする。今度は、A子の潜んでいるくぼみを求めて、注意深く指をたどらせる。

髪はもつれて、指の動きがさえぎられる。かと思ったらたちまちほどけ、指は失速する。ぼくは髪の流れを上から順々に押してみる。やわらかく沈む部分を捜しあて、思いきってそこの暗い奥へ押し入ろうとする。やはり幾すじかの流れが、鋭い刃となって、ぼくの先端部分を傷つける。しかし、静かに聴いてみると、髪の流れの奥の方から、かすかにA子はぼくの名を呼んでいるのであった。A子は、自分の黒い流れが、ぼくによってきっぱりと切りそろえられる時を待っているのだろうか。ぼくは、A子をつつむとめどもない流れを整理しかねて、外であえいでいる。

袋のある風景

どうしてこんなに、袋類がたまっていくのだろう。部屋のあちこちに、スーパーマーケットやデパート、その他の店々からいただいたビニール袋や紙袋が、いつも散らかっている。きれいなのは使えると思って、押し入れに片付けてあるが、それもたまるいっぽう。

……

ある日、ごろりと横になっていて、いいことを思いついた。どれか大きな袋の中に、きょうはごぞごぞ入ってみようか。ぼくの誕生日に、A子がセーターをプレゼントしてくれた、その時の鳥の絵のある紙袋。あの中にでも——。

袋の中に入るには、両手の指を愛のしぐさに使うこと。呼吸に合わせて押しひろげ、からだをうまくずり込ませる。中は？　あたたかくて、あんがい広いのだ。大きなナンキンハゼの木が一本立ち、いまみごとに紅葉していた。袋の中にも秋空が広がり、静かな光が満ちている。

袋の中に風が吹いて、袋のどこかがぶびびびとふるえ、幹が揺れ、葉がざわめいた。枝という枝の細い先まで、千万の小人たちがよじ登って、赤旗を振っているみたいだ。根元に立って待っていると、「せんせい！」と呼び、A子がやってきた。デートの約束をしていた。

二人は袋の中で抱き合った。近くの子供たちが四、五人、野球の道具を持ち、何か叫びながら横を走り過ぎていく。ぼくらは熱い息を吐きながら、お互い口を押しつけた。袋の中には、袋特有の重力が支配する時があり、上やら横やらわからなくなる。ぼくらも抱き合ったまま、幾度かしりもちをついたりした。そのたびに袋は震え、ナンキンハゼの葉が舞い散った。

袋の中は急に明るくなる。ぼくらは木の根元にしゃがんで、落ち葉を拾った。手にとってみると、どれもこれも、葉脈の細いすじが、内出血をおこしたように美しい。二人の頭上には白い実だけが、まるで降ってきたぼたん雪が枝にひっかかったように、空いっぱいにぶらさがっていた。そのむこうを、鳥が飛んだ。袋のふちをついばむように。

袋の中にも日常があり、不安や希望が交錯する。袋は広がり、また縮む。空は青く、もも色に変わり、また、しぐれをちらつかせた。A子は、ぼくとのちょっとしたくいちがいで、不機嫌になったりする。さっきの子供たちがいたずらをして、袋のどこかを破ったのか、冷たい風が吹き込んだ。ぼくはせきが出るし、A子も水洟が出そうだが、しかし、それでも二人は寄り添って立っていた。……

どうしてこんなに、袋類がたまっていくのだろう。部屋も、街も、公園も、袋でいっぱい。きょうの夕刊には、どこかの資材置場に紙袋に入れられて捨てられた赤ちゃんのことが、出ていた。

詩集『耳』（一九八六年）抄

殺人事件

殺人事件の横を
通り過ぎた
人が群がっていた
きのうも
同じように通り過ぎた
殺人事件のかたわらには
アジサイが咲いていたり
男と女が口を吸い合ったり
そんな日常も
寄り添っていて
殺人事件は

もちろん
不定形の構築物でもある
さきほど
「横を」とか「かたわらに」とか
書いたけれど
どこまでが内なのか外なのか
じつは
はっきりしない
ふりかえってみても
空色に
透きとおっていたりする
事件のかかえる
なまあたたかい雰囲気や
ただならない気配が
一日を響かせ
また閉ざし
事件が

そのまま
歌である場合すらある
やがて
殺人事件は
目ざわりなもの
悪臭を放つものとして
解体される
その時
破片がとび散って
あやまって人を殺すこともある
すっかりかたづけられた
殺人事件
のあとに
いくつかのマイホームが建つ
別の場所には
別の事件が
においやかに発生しているんだから

ひも

ひものことが
話題となっているけれど
ひもは見えない
見えにくい
というところに本質がある

たとえば
台所にすわっている冷蔵庫
あのおしりのところから
一本のひもが
のびていることに気づいている人は
少ない

冷蔵庫のひもを
たどっていくと
その先に何があるか
もちろん巨大な発電所
石油やウラニウムが
ぼうぼうと燃えている

発電所から
さらに
シルクロードならぬオイルロードが
ぎらぎら光りながら
海のかなた
地球の裏側までもつづいている
なまぐさく
執念深い幾すじものひも

マイホームの明るい台所に

キュートな新製品を買い込んだ時
ひもの先の
ずいぶんやくざなものまで
かかえ込んだ

入道雲の立ち上がる夏
トマトジュースを飲もうとして
冷蔵庫をあけると
不意に
爆弾でもぎとられたアラブの少女の
片腕が
一番下の棚に入っていたりする

おじさん

峠の
長いトンネルを抜けると
ふるさとの村に近づく
通り抜ける時
トンネルは
笛のように鳴る
幼い日
わたしがふるさとから
町へ出てきた時も
このトンネルは
産道のように泣いただろうか

久しぶりに

ふるさとへ向かう
田んぼに風が渡る時
みどりの稲の葉がざわめいて
かすかに黄緑の波となる
透明な炎が
燃え移っているようだ
山のみどりも美しい
この七月の竹林の色は
ちょうど稲のみどりと同じである
分類学上では
稲と竹とは同じ仲間だが
遠くから見ると
うなずける

幼いころお世話になった
おばさんの家にたどりついた
ふすまは全部とりはらって

大広間
昔ながらの畳のにおいや
たんすのにおい
そのかたすみに
白木の棺が置かれていた
中に
すこし小さい顔になって
白くさっぱりした表情で
おじさんが
死んでいた
薄暗い土間では
集まってきた近所の女たちが
巻鮨を作っている
男たちは縁側に腰かけて
山や田んぼを
吹き渡る風を
見ていた

詩集『土佐日記』（一九八七年）抄

11

元日
高知　あざみ野
夜明けのまいまい井戸を降りていく
暗い底の方へ
井戸のまわりの市のにぎわいも
きのうまで
井戸の横のくちづけも
きのうのこと
まいまい井戸を降りていく
ひえびえと
暗い穴の底で

水面がかすかに消えたり光ったり
流した子どもの
声を聞きに
降りていく
まいまい
沈めた母の声をぬすみに

高知　あざみ野
夜明けのまいまい井戸を
降りていく
井戸から若水を
汲み上げるまいまい
id　から
見知らぬ怨
念を汲み上げ
id　から
女の両のふくらはぎを

すくい上げ
都へと

15

流されてきた日々を
忘れていて
ふいに
ピエロとすれちがった

高知　あざみ野
サーカスのテントが
かかっている
西高から東低へ
風は流れているが
〝ああ　なぜか目にしむ空の青
ああ　これぞ恋と知りにけり
あっという間の　美しき日々……〟
福原みいちが

銀にきらめく
細い針金を渡っていく
やわらかい肢体のあちこちを
ゆるめ　ひきしめ
渡っていく
流れる日々の
刃の上を

はりまや橋を渡っていく
変形自転車の　ピエロと
すれちがった
山内書店で
「自由民権」を買っておつりをもらっている
厚化粧の
ピエロと
すれちがった

＊　福原みいち、歌――高知新聞、一九八七年新春、「翔べ！　ピーターパン
――キグレ大サーカス」の記事より。

詩集『U子、小さな迂回』（一九八八年）抄

帰りみち

焼き肉を呑み込みながら
おしゃべりする
オン・ザ・ロックをかじりながら
歌をうたった

それから夜の裏通りに
迷い出て
しかし
もう遅いから帰りましょ
と　きみの家の方へ歩きだす

手をつなぐと
ふいに空缶が
ぼくらの足もとにじゃれついてきた
澄んだ声で
鳴きながら

おいでおいで　空缶
いっしょに遊ぼ
夜ふけの公園にしのび込んで
周囲は病院やアパートなど
消え残った窓や月や

ぶらんこをこぐ
まだ焼き肉のにおいをさせて
空缶はどこへ
はぐれたのか

ふたりで　揺れる

それから
橋の上に出て
立ち止まって
暗い運河を見おろした

この水の底にも
空缶が
生きもののように
住みついているだろうね

きっと
この町の空高いところにも
空缶のようなものが
飛んでいるにちがいない

ぼくらは
橋の上で
そっとくちづけした
それ以外に
なかった

恋唄、あるいは後記

恋唄を書きたい
と思うのだが
押さえどころのない
このくにのことばの中に
一つのかたちをつくり出すのは
至難のわざ

距離をとろうとして
「知」のくさびを打ち込む
何回も裏返る
いつのまにか
おどけた調子の
あとずさりになっていた

無化することが
そのまま
合一することでありたい
きみと

恋唄を書きたい
自由に
テーマなき時代
表層のリアリティ
制度のわなを越えて……
しかし
テーマのないところに
自由なんてあるはずもないし

もはや青々とした田んぼの風景も
夢にも見なくなった
てのひらの上で

ビールを飲み（飲みはつまらない）
ビフテキをかじり（ビフテキでは詩にならない）
さびしくなる
なまめくもののてのひらの上を
かなたまで疾走して
小指の一本切り落としてやりたいが
ひとり
たわむれの姿勢をとりつづける

でも
やっぱり恋唄を書きたい
書きたい
お互い他人同士が
一字一句を奪い合うようにして作り上げる
刻々の共同声明
そんな自由を現出させたい
きみのことを「きみ」と

苦くも
書きつけたい

詩集『林檎』（一九八九年）抄

林檎

テーブルの上に
林檎が一つ
置き忘れられている

りんりんと鳴き沈む虫どもの声も
消え
家族のざわめきも遠ざかり
林檎の近辺で
光がゆらぎ立つのを見る
林檎の芯の

小さな種子のあたりで
糖化が始まったのである
糖化は徐々に
中心から表皮のほうへ向かう
白い果肉は時間の通過とともに
鳥の子色に変色していく
一個の林檎の質量が糖化しつくした時
時間は満ちきって
静止するが
やがて
ぽっと火のように
今度はテーブルのほうへ
糖化がとび移るのだ
それははやい速度で燃え広がり
床へ　柱へ　畳や家具へ
天井へ……
こはく色に

あめ色に
深黄に
家全体が糖化する

そんな小春日
父親は
たとえば部屋の中で大根をきざむ
近くの農家で畑を借りて
日曜ごとに育ててきた
娘が横で手伝う
俎の上できざむと
細かい汁がきらきらと
針のようにとび散る
そうして
朝の新聞
夕方の買物
干大根の香り

山茶花の紅や
侘助の白が咲きつづき
咲き散るような
日を重ね

早春
空が水色に輝くころ
林檎の内部で
家が崩れはじめるのである
娘や父親の
声が
折れていくのが
つららのように響く

高知公園で

ぐるっ　とひとまわりしては
また春になる
世界が　すみずみまで
練色にかすむ

アメリカハナミズキの咲く高知公園を
歩いていたら
若い女性と行きちがった
身ごもっているらしい
ゆっくり歩いてきて
やさしい目をこちらに向け
通りすぎていった

と思ったら
花の終わった梅が
身ごもっていた
白いベンチも
苔や草におおわれたお城の石垣も
何かをはらみ始めている

彫刻家　舟越保武氏の
「モナリザの眼」という文章を思い出した
モナリザは妊婦にちがいない
あの美しい眼は
外を見ているのではなく
自分の胎内に注がれている……

たしかにこの季節　なにもかも
やさしい表情をしていながら
お互い交信しようもなくて

沈んでいく
ことばはつわりになっていく
そして突然
だれかが
妊婦の腹を切り裂く殺人者となるのだ

高知公園はいま
なまぐさいにおいにつつまれ
春である
さきほどの女性は
無事　のがれたろうか

詩集『四万十川』（一九九三年）全篇

一、一メートル以上も掘りさげたが

まだ何も出てくるけはいはなかった
和男さんが穴に入り
もぐっていく昆虫のように丈夫な腕で土をはね上げる
栄さんと私が上げた土を周囲へかき寄せる

なんちゃ　出てくる出てくる　逃げりゃせんろう
そりゃあ　あることはあらあえ　逃げりゃせん
穴をのぞき込んでいるのは父
父の幼な友達　正則さん
一歩うしろで巻きたばこをふかしているのはタユウさん

烏帽子をとったタユウさんの頭はつるつるで
まわりの新緑が映っている
上の雑木林でときどきウグイスが
つやのある美しい声で鳴いた　ホーホケキョと

逃げていく――そんなこともあるかもしれない
埋められた時からひとかたまりの闇となって眠っていたものを
何十年ぶりかに不意のくわ音が迫ってくる
白日のもとにあばかれるのをおそれて

しかし
もうこうなったらのがさんぞ　というふうに
掘る者は掘り
のぞく者は目をこらしてのぞき込む

墓地の横には花を散らす桜の古木　正則さんの炭焼きがま

もう一方は竹林で
色づいた細い葉が震えながら
あるいは複雑な回転運動をしながら散ってくる

見おろす集落は
（かつてわたしたち家族の家もあったのだが）
深い春の底にしずもり
五、六軒の家や何かの小屋が小さく屋根を伏せ
幾枚かのゲンゲの田がにほふように色模様をつくっている

〔注1〕 ゲンゲの花がきれいな日には、なにかこわいことがおこる、少年はそう思うようになった。
ある春の午後、少年たちはいつものように、ゲンゲの田んぼで遊んでいた。すもうをとったり追っかけっこをしたり、倒れて花に顔をうずめ、その香りにつつまれたり。すると部落の下手から、大八車を引いた二人の男がやってきた。車の上には何かをのせ、むしろをかぶせてある。少年たちは、部落の奥へ入っていく車を見送ったが、顔を見合わせてふるえはじめた。車に乗せていたの

は、死んだ人にちがいないのだ。

それはおかよさんだった。この部落へ嫁入りしてきたのだが、家のものから毎日つめたい仕打ちを受け——たとえば麦に土をかける時も、姑などは麦にはかけずに、嫁にむかって投げかけた——やせ細り、病になり、里へ帰っていた。とうとう死んだので、父と兄が大八車に乗せ、葬式くらいは出してくれと、嫁入先の縁側へむしろごと押し込んだ。

ゲンゲの花がいっぱい咲く日には、田んぼのふちの道を通って、女の人のなきがらが運び込まれる、少年はそう思う。

〔注2〕　少年は母から、こんな話を聞いたこともある。
——おかあちゃんがまだ小さかったころにね、家の近くの田んぼで、死んだ人を焼いたがよ。肺病で死んだ人らしかったね。ゲンゲの花がいっぱい咲いちょった。たきぎをどっさり積み上げて、死んだ人をのせて、火をつける。なかなか焼けんでね、夜になった。おかあちゃんは、怖かったけんど、障子をちょっとあけて、すきまから田んぼを見よった。火の粉がぱちぱち上がっていく。「おーい、首が落ちたぞ」とか、「足が動いたぜ」とか、みんなの叫び声が谷のむこうの山にこだましてね、もう怖うて、怖うて、それでも見よったら、暗い田んぼか

ら、大きな火の玉が、ふわりととび上がったがよ。火の玉がうちへ飛んできたらいかんと思うて、おかあちゃんはすぐに障子をしめて、それからは部屋の中でふるえよった――。

肺病で死んだ人を焼いた谷間に、うっすらと夜が明ける。もやが晴れると、ゲンゲの花のまん中に、円形の白い灰が残っている。谷の底から天を見上げる大きな瞳のように。少年は、ぱっちり開いたその瞳に、しばしばおびえた。

二、かたい苔がこびりつき

抱き合うようにして並ぶ　祖父　豊久
　　　　　　　　　　　祖母　春江
　　　　　　　　　　　曽祖父　繁太郎
　　　　　　　　　　　曽祖母　サト
　　　　　　　　　　　そのほか……

先祖の墓をどうしても高知へ持って来にゃいけんねえ
四万十川の山奥じゃお参りにも行けん
父がこう言いだしたのは
営林局を退職してまもないころだ
来し方ゆく末のことが気にかかるのか
やがて

高知市の自宅の近くに納骨堂を構え
ふるさとの改葬の段取りをととのえた

幡多郡十和村立石《たついし》
高知市から西へ約一五〇キロ
四万十川が高知の中央山地から起こり　南に向かって流れくだる
土佐湾に近づいたところで西に向きをかえ

川は蛇行を重ねて愛媛県境まで行き
ふたたび南にカーブして中村市の河口へと注ぐ
十和村は川が県境に接近した中流域
立石はさらにその細い支流の部落だ

タユウさんが「豊久」の前にござを敷き
紫の差袴　模様のある山吹色の装束　烏帽子をつけ
祝詞を唱え
御霊がやすらかにここを出て行くようにと

遠い親戚すじの和男さんと栄さんが
重い石碑をかかえ上げ　横の藪へほうり込み
掘りはじめると
まあ　この墓地をとり囲む青い山々の　息苦しい重なり……

人間いたるところ青山あり　たしかにそうだが
四万十川の山々は
人を閉じ込め　人を狂わせ　人をのみ込んでしまう
たしか　あの高いところにも墓所があったのう

伝染病で死んだ者を埋めたところよ
よう担いで上がったもんよ　ただ上がってもしんどい所じゃが
伝染病いうたらおとろしゅうて隣の者さえ寄りつかん
死んだら遠方へ棄てるように埋めたもんよ

父と正則さんが楽しそうに話す

どこかねえ
牛を埋めたところもあったはずじゃが

〔注3〕 夏の日、少年はきび（トウモロコシ）畑をくぐる。背丈の倍ほどにも伸びたきびの間を、お湯のような熱い風がかよい、茂った葉からイナゴがばらばらと飛び立つ。少年は、実をつけていないきびを捜すのである。茎がすこし赤みを帯び、手をかけるとぱんとはじくように折れる。鋭い皮を歯ではがすと、中がサトウキビのように甘いのだ。

実をつけていないきびの茎を刀のようにひっさげて、少年はなおも畑をくぐる。しかし、その畑の端の一角には、決して近寄ろうとはしなかった。近所のなにがしが牛を埋めた場所だからだ。祖父が告げてくれたことは、——病気で死んだ牛を、きび畑のすみに埋めたがよ。夜中に、牛を掘り出して食う者がおるけんねえ、掘っても食えんように、石油をぶっかけて埋めたつうが——。

少年はきび畑をくぐる時、地の底に足を折ってうずくまる巨大な牛を、いつも影のように引きずった。疲れて夜ねむる時も、屋根の上を、石油をかけられた牛がゆっくりと飛んでいく。そのあとを追うように、一人の男も……。

〔注4〕 きび畑は、秋の夜、炎々と燃え上がる。金色のかたい実は収穫され、葉は牛の飼料にたくわえられ、茎だけが畑のまん中で火をつけられるのだ。おとなたちは、燃え上がる赤い炎に顔を照らされ、まるで鬼の姿となって、周囲から中心の火の方へ、畑を耕していく。麦畑をこしらえるのである。

ちょうどそのころ、少年たちは、神社の森に火をたいて、秋祭りの花取り踊りの練習にはげんだ。紙の総のついた太刀や鎌をふりかざし、ヤーナームオミドーと念仏の歌を合唱しながら。まん中で太鼓をたたく少年は、背中にたすきをかけ、太鼓の両面をとびはねるように移動しながらたたく。むこうの畑、こちらの谷から、鬼どもを呼び集めることができるように。

夜の神社の森では、ときおりムササビが、古い樹から樹へとび移った。

三、豊おじはひょっとしたら

こっちの春おばのところへ行っちょりゃせんろうか
生きちょる時にはようけんかもしよったけんど
ほんとうは仲が良かったがぜ
墓の下で一緒になっちょるかもしれん　はは

明るい華やいだ雰囲気が墓地をつつむ
やがて赤土に黒っぽい土がまじって出てきた
和男さんに代わった栄さんが
スコップの先でさぐるように掘る

がさっと固いものをひっかけた　出た出た　それじゃねえ
出たねえ
窮屈な穴の中にしゃがんで木の根のようなものを引き抜いた

骨だ

土に汚れて薄茶を帯びている
すこしねじれるように反っている
祖父か
どこの骨じゃろう

穴の底から
次々と切れはしを引き抜いては外に置く
土の中で勝手気ままな方向をむいて遊んでいたものを
もう一度とりおさえ　呼びもどすように

あったあった　頭じゃ
みな息をのむ
赤土のかたまりのような頭蓋骨を　両手にすくい上げた
軍手で土をなで落とす

笑ったり怒ったりしていた表情の部分はなくなり
いかにも荷をほどいた軽々とした顔つきをしている
父が受けとってじっと見つめ
足もとへ置く

筏流しを請け負って失敗し　多くの借財をかかえ込み
酒やら何やらで家族を泣かせ……
いまはひとすくいの空洞である
墓地には農作業の収穫の現場のような興奮が満ちた

さあ　これじゃあ壺に入らんねえ　割るか
父がくわを取り
手ごころを加えるように振りおろす
ぽこん！

鈍い音がして頭蓋骨はつぶれるように割れた
あの　祖父という不思議な世界はどこにもない

骨の内側に
湿ったわたぼこりのようなものだけをこびりつかせて
これでもか　これでもか　というように
父は何回もくわをたたきつける

〔注5〕　少年は、祖父につれられて夜の川漁に行った。日が落ち、山あいに闇がたまってくると、小さな網、かなつき（やす）、木綿の袋、松の根を割ったものなどを用意して、「椎谷」へ出かける。そこが祖父の穴場だ。松の根をいさり火として、小さな淵瀬をたんねんにのぞき込みながら、谷の奥へと漁をするのである。
「椎谷」は、むかし、ひとりの山伏が愛媛へ越えようとするのを、道案内をよそおった部落の者が谷へ突き落として、金品を奪った場所だと聞く。突き落とした者はそののち患い、家は絶えたという。

「椎谷」では、たしかに魚がよくとれた。ウナギ、ハヤ、カニ、アメゴ……。祖父が突き、少年の袋に入れる。ところが、行くての河原や岩が、いまぬらしたようにぬれていたり、川上から赤ん坊の泣き声のようなものが聞こえたりすることがあった。そんなとき祖父は、「もういかんぜ、カワウソが先にとっていちょるけ、ウナギはおらん」「エンコウが出たねえ、もうやめちょこう」といって、さっさと谷から道へはい上がり、ふたりは足速に帰ってきた。残してきた背後の谷の奥に、不気味な闇をふくらませながら。

四、タユウさんが吸いかけの

巻きたばこを足もとに捨て　草履で踏みつぶした
烏帽子をつけ　長い箸を持ち
装束のたもとを左手でおさえるようにして幾片かの骨を拾う
壺に入れる時　なにやら呪文をつぶやきながら

残りの大部分の骨と石碑をもとの穴にかえすと
今度は隣の「林春江」に移る
また父と正則さんの若い日の思い出話だ
おし迫った山々と茶畑と　ふるさとは沈黙したままだが

ここだけは死者に会う　にぎやかな祭りだ
やがてスコップが祖母をさぐり当てた
箸で突いたくらいの穴が並んだ扁平な骨

どこじゃろう　と首をかしげ

次に足　つづいてセルロイドの粗末な櫛
と思うとその下に頭があった　座棺だったから
脊柱がくずれると頭蓋骨は下へ下へと沈み
自分の膝に抱かれ　手足の骨に埋もれたのだ

まあ　歯が残っちょるぜ　あんなにいつも歯が痛い言いよったに
目も患って晩年はほとんど失明に近かったが
父のてのひらで祖母のぽっかりあいた両眼窩には
明るい春の光が満ちている

働いて働いて　働きとおして死んだようなものじゃったねえ
朝は暗いうちから畑や山
晩も暗うなって牛の草を担うて帰る
(その草の上に初夏には孫のため木いちごがさしてあったが)

夜は夜で漬物を漬け込んだりこもを編んだり
その祖母をめがけて　また父がくわを振りおろした
こぽん！
骨はつぶれ　けもののようにとがった歯があたりに散った

〔注6〕　少年は祖母の話を聞くのが好きだ。秋、芋掘りに行って、お昼に谷におりて、みんなで弁当を広げながら。あるいは早春、大きな釜から引きずりおろした湯気のたつミツマタの束の上に乗って。祖母たちはとび散った金色のミツマタの花の香りの中で、その皮をはぎながら。

——うちの川向かいにおったキクエさんがねえ、毎日川へ水汲みに行きよるうちに、腹が大きゅうなって、エンコウの子どもを生んだがよ。頭に皿のようなものがついちょって、指には水かきがついちょったと。育たずに死んでしもうたけんどね——。

——おばあちゃんらあが山の小屋へきび畑をこしらえに行ちょった時のことよ。夜、だれもおらん山の中から、急に伊勢踊りの太鼓の音が聞こえだしてねえ。「勝おじが危篤じゃけ、早うもんて来いと」と呼ぶ声もする。こんげな夜ふけに、こんげな山奥まで来て太鼓をたたく者はおらん、タヌキじゃ、おじいちゃんがそう言うて、小屋の外へむけて鉄砲を放った。そしたら太鼓の音は鳴りやんだがじゃけん。次の日に里にいんでみたら、まっこと、勝おじは寝床に伏しちょったがよ――。

エンコウが住んでいるから、川は深い花色に澄んでいる。タヌキがひそんでいるから、山は不思議な音をたてた。

〔注7〕　少年は祖母に連れられ、宇和島へ行ったことがある。病気を診てもらいに。富山の置き薬を飲んでも治らない。ゲンノショウコやセンブリを飲んでも、フキの根を飲んでも、クマノイやタヌキ油を飲んでも、祈禱してもらっても、よくならない。

バスに乗り、汽車に乗りついで、宇和島へ。宇和島から十和村へは、ときどき雑魚売りや浪曲師、デコ芝居などがやってきていた。そんな人たちの住んでいる街へ。

宇和島の市街は驚きの連続である。中でも、橋の下を流れる川が、病院からの帰りに見ると逆流していたのには仰天した。かすかにつかみかけていた街の方向感覚が、一瞬のうちに分解した。あれは「海」のしわざだと、祖母が話してくれた。

病院の診察では、おなかにカイチュウがいる、ということである。魑魅魍魎の類がとりついたのではなく、なんだか下等な白いミミズ。宇和島に二泊して、帰る時は峠を越えた。途中の坂道に草ぶきの小屋があり、なぜか髪を短く切った女がふたり住んでいて、石ころばかりの畑を作っていた。その峠を登りつめた時、少年はうんこに行きたくなった。藪の中である。しゃがんで用を足していると、あの医者が宣告してくれたカイチュウが、次から次へと出てきた。うどんのかたまりのように。祖母はそばに立って、めったに着ないよそ行きの着物で、遠くの山々を眺めていた。赤いツツジの咲く春のこと。

五、土の上に散乱した祖母は

食べたあとの水炊きの骨のようである
タユウさんが長い箸でそれらのいくつかを拾って壺に納める
残りの骨はくわや足で穴の中にかき入れた
とび散った歯も一つ一つ

和男さんと栄さんが「林春江」の石碑をかかえて穴の中へほうり込む
ばしん！
底で骨の割れる音がした
くわでたたいた時とはまたちがう　これこそ死者の

叫びのような　悲鳴のような
その音の余韻を早く消すように　みなで土をかぶせる
このようにして　繁太郎　サト……
骨の悲鳴を聞き　土をかぶせ

タユウさんが赤土をならした墓地に塩をまいた
正則さんも父も塩をふりまく
みんなふりまいてわが身と墓地を清める
スコップやくわも集めて塩をかける　ウグイスが鳴く

嗣よ　と正則さんが私に言う
こんど帰ってきてもこの墓へ来ちゃいかんぞ　墓を拝んじゃいかん
ここはもう先祖の墓じゃないことを知っちょけよ
来ちゃあいかん場所になったけんねえ

二度と来てはいけない場所　大部分の骨は残ったのに
それはもはや祖父や祖母ではなくなった
決して拝んではいけないもの
きっぱりと棄てた忌むべきものとなったのだ

選びとられた骨だけを抱いて

六、もう正午近い

私たちは茶畑の急な坂道をおりる
壺を抱いておりていくと
春深いこの集落自体が
一つの壺の底のようである

むかしの屋敷跡に立ってみた
いまは鋤かれて一枚の小さな田んぼだ
母屋を中心に　井戸があり　くどがあり（みそや豆腐やこんにゃくを作っていた）
牛小屋があり　紙漉き場と倉があり　床下には芋つぼがあり……

柱を立て　部屋に区切り　屋根をふき
中に闇を住まわせ　骨たちが声をともなって生きていたとき
空間は無限に広がり　重層していた

外に通じる幾すじかの道ものたうつように分節されて
いまはそれらの構えを解いて
うすっぺらな春の田んぼである
骨たちよ
ここを通っていくよ

〔注8〕 紙漉き場と倉の上の暗い屋根裏は、しばしば少年たちの遊び場となった。特に雨の日は、男の子も女の子も、はしごをよじ登る。そこには、新しいわらの束がたくわえられ、収穫した大きなカボチャがころがっていたりする。少年たちは、屋根裏の暗闇を、自由自在にふくらませたり、かきまぜたり、光にかえたりして、一日じゅう遊んだ。かくれんぼや鬼ごっこやおしゃべりや……。
そんな雨の日、母屋では、祖母らがだまって何かの手仕事をしている。軒下では、きびや野菜の種が、雨だれの音を聞きながら、ぶらさがっている。土間ではいろんな道具類が、骨を休めている。……

（少年とよく遊んでいた幸子という女の子は、屋根裏を降り、やがて同じ部落の某のところに嫁に行った。この部落へ、町からひとりのカメラマンがやってきて、カワセミの営巣を撮影したことがある。幸子は、そのテントに差し入れをしていて、カメラマンのあとを追って町へ出奔した。）

七、最近の教育はいかんですよ

子どもが親を大事にせん　年寄りを粗末に扱う
これじゃあまあみよ　日本は滅びるぜ
いちばん大事なことを学校で教えにゃいかなあね
タユウさんは上機嫌で言う　私が町の教師だと知って

総理大臣が靖国神社へお参りに行くことを
えらい悪いことのように非難する者がおるけんど
あれは非難しどころか　当然の務めじゃないかえ
父も苦笑しながらうなずいている

父は熱心なクリスチャンで　ひとこと意見もあるはずだが
きょうは大事なわが家の祭りだ
正則さんの家の八畳間に骨壺は安置して

奥さんが用意してくれた風呂　鮨　ウドやワラビの季節の料理
柱に貼られたお札は　出雲大社　天照大神　空海上人　南無阿弥陀仏
改葬の宴はたけなわ
祖父母　曽祖父母のこと　その時代の話にみな沸きたつ
奥さんの声もはじけた

昔はろくに布団もない家が多かって
かわりに渋紙をかけて寝よったねえ
冬はいろりに夜どおし火をたいて　背中をあぶりながら寝た
繁太郎じいらあ背中がまっかにこげちょったぜ

村の若いしが　よい娘《こ》のところへこっそり夜這いに来てもねえ
布団が渋紙じゃけん
ばさん　ばさん　音がしたつうぜ
私もすっかり　酒に話に酔ってしまって

川のむこうの「大椿」の山に目をやった
かん高い鳴き声を山あいに響かせる鳥がいる

〔注9〕「大椿」の花が落ち、ひと冬、迦陵頻伽の声を響かせていたヒヨドリが、どこへともなく飛び去ってしまうころ、かわって少年たちが、「大椿」の山にするどい歓声を響かせる。カシの木の枝から枝へ、とび移って遊ぶのである。数年前に木炭を焼くために伐採した山は、生えた若木がどれも腕くらいの大きさで、からだをゆすると大きく撓って次の木にとび移りやすい。このようにして山の上から下まで、一度も地に着かず、少年たちは競って梢を渡る。ただし、中腹にある「大椿」を通過するのが、みなの暗黙の掟だった。

ある暮れのこと、乾燥させていたシイタケが盗難にあったという届出があり、部落じゅうの者が集まって詮議に入った。こういう場合、〝よそ者〟が入って盗むということはまずあり得ず、だれがやったのかおよそ目星のつくことが多い。盗んだ者が白状するまで、詮議は何日でも続く。「早う言うてくれんと困る」というような話から、作物のできぐあい、山のようすなど、お茶を飲みながらえんえんと続いた。四日め、これまで出席していた安次が来なくなった。次の日、安次は、「大椿」の枝で縊死体となって発見されたのである。部落のきまりでは、「窃盗者詮議ニ掛リタル時間、一時間一戸ニ付五銭ノ日役、並ビニ他ノ諸費用全部窃盗者ノ負担トスルコト。」

少年たちがカシの木を伝って「大椿」に移った時、からだの奥を妙な冷たい風が吹き過ぎる。それは怖いようでもあり、おもしろいようでもあった。

八、おみやげに 米 シイタケ お茶

二日間お世話になった正則さんの家をあとにする
中学校の時までこの村で暮らし
ほんの数人の進学組として高知市へ出たのだが
部落の人や同級生たちは私の名前と後姿を心に持ち
いまでも忘れてはいなかった

湯船から自然にあふれ出るお湯のようなふるさとの心に別れを告げ
こんどは先祖の骨を連れて村を出る
光りさざめく四万十川　川岸に並ぶ家
水面や岩の上を這うようにして渡る沈下橋

山桜は煙のように白く
鮭色の葉になったものもある

川沿いの旧道の桜の巨木は満開で
舗道に散りしいた花びらは車が通ると波のようにわきかえる

ああ　これで私の春休みも終わったか
新学期からまたきびしい進学指導に突入だ
いなかの「いい子」を集めては　都会の「いい大学」へ送り出す
なんか不思議なめぐりあわせだなあ

ふるさとを脱出したつもりでいるが
実はますます教壇で　貧しいふるさとを生きているのかもしれん
そんなことを考えながらハンドルを握る
父は安心したように　疲れた老人となって眠りにつき

十和村が　四万十川が
そしていくえにも重なる「時」が
水あめのように溶けてうしろへ散る

〔注10〕　少年たちは四万十川の村々を離れた。離れつづけた。女も、老人も、父も、母も。

その中でも、痛ましい記憶となって残るのは、敗戦まぎわの満蒙開拓団であろう。望まずして渡満を押しつけられ、家族のほとんどを失って、再び村へ帰ってこなければならなかった。特に旧十川村は、入植者五四七名中、死者三六一名で、その惨劇のほどがしのばれる。「第十二次十川村集団開拓団編成計画書」によると、当時の十川村総戸数五六七戸中、二〇〇戸の満州分村計画となっている。しかも十川は、小規模農家ないし賃労働者が多いことなどから、分村の指導村として位置づけられていたようである。八反歩以下の農民は、「優先的渡満ノ資格ヲ有スル」とあり、これは「権利」ではなく、ほとんど「義務」の様相を帯びていた。

川口部落氏神神社の宝物殿から発見された開拓団関係の部落総会議事録によると、部落会で渡満者を決めるまでが実に大変で、はてしなく会議に会議を重ねたことがわかる。それ自体、一つのドラマとなっている。議事録の最初には、会のたびに、国民儀礼、宮城遥拝、皇国必勝祈願、と書かれてある。

『十和村史』（昭和五十九年）の執筆者のひとりでもある上田博信氏は、「『満州国第十二次集団万山十川開拓団史資料集』を読んで」（「兆」33号）の中で、次のように書いていた。

――ともあれ、さいごの一人は、十九年十二月四日の部落総会で、区長が辞意をほのめかして（?）、解散の後、「帰宅後話ニ話ヲ致サレ其ノ結果」、「仕方ナク行キマスト申サレ」て、決まった。（中略）

わたしを重苦しい気分にさせたのは、人情に富んでいるところ、「円満」を大切にするところ、そういうところが、戦争などの「国策」に目をつけられ、その網にすくいとられるというこの構造である。さらに、また、そのことを、ただ「利用された」とだけ言ってよいのかどうかといった思いである。

たとえば、敗戦後の地獄の苦しみと屈辱の中でも、開拓団すなわち十川村分村のひとびとが、精神的にばらばらにならず、辛うじて、「分村」でありつづけたことが、そこでの、ひとびとの救いであったのではないか、と考えたりする――。

〔注11〕　長い長い時間を越えて、四万十川は流れつづけている。まことに、山河在り、である。

いま十和村は人口約五千。重点施策として、シイタケ、茶、養蚕、山間酪農、山村開発センターを中心とする地域コミュニティの育成。十和大神楽は、国の重要無形民俗文化財にも指定された。特に、八月のお盆のころの「四万十川祭り」は、この山深い村にとつぜん都が出現したかのようなにぎわいをみせる。河原に舞台が設けられ、町から〝歌手〟を呼んでのカラオケ大会、ウナギのつかみ取り、アユの塩焼き、部落の神社から集まった牛鬼の乱舞、花取り踊り……。かつての満州分村の時、十川がその指導村の役割を果たしたように、いまや過疎対策のモデル村となっている。

しかし、正則さんがこんな話もしてくれた。——あの四万十川祭りの時に打ち上げる花火が、なかなかお金がいってねえ。寄付を集めに来るけんど、中には出しにくい家もあらあえ。しかも、マスコミに宣伝され何万の観光客が来るか知らんが、お金はあんまり村へは落ちりゃせん。みんな日帰りで町へいぬるし、タコ焼きにしても、アイスクリームにしても、たいていは町から来た人が売ってしもうて。けんど、みんなあの祭りを楽しみにはしちょるねえ。村を出た人も帰ってくるし——。

九、四七八番をおあけください

牧師さん　連れてきた若い伝道師　父の三人が
大きな声で讃美歌をうたった
私たち家族のものは
神妙に正座してつぶやくように歌詞を追う

海ゆくとも　山ゆくとも
わが霊のやすみ　いずこにか得ん
うきことのみ　しげきこの世
なにをかもかたく　たのむべしや
死ぬるも死の　おわりならず
生けるもいのちの　またきならず

夕暮れの空気とともに菜の花の香りがしのび込む

高知市の自宅に帰ってからの納骨の儀式は
父の通う教会の牧師さんにお願いした
お話が始まった

父の信仰あつき日常生活について
子どものため老人のため弱き者のために労を惜しまず尽くしていること
このような愛の心は
父だけの意思で達せられるものではなく

祖父母をはじめ遠い祖先の願いが結実したものであり
神の導きによるものであること
その祖先の御霊が
きょうこのように神と出会われたことを祝福する……

私は目を閉じて　きのうのタユウさんの姿を思いうかべた
土の上にひざまずき
小さなお札を石碑にすりつけすりつけ祝詞を唱えていた

骨たちよ　しかしきょうは選ばれて
洗練された神と出会う
ちょっととまどっているんじゃないのかね

私が壺を抱く
子どもたちが花束を分け持ち　妻が水差しを
父がみなを近くの栗の木の多い小山に案内した
新しい花崗岩には十字が刻まれ「神は愛である」と

　なつかしくも　うかぶおもい
　あまつ故郷は　ややにちかし
　ふるさと　ふるさと
　こいしき故郷　ややにちかし
分厚い石の戸をずらせて壺は中に納められた
父はうれしそうに牧師さんに挨拶する
もう長いあいだ

先祖の墓を高知へ持ってこにゃいかんと思うちょりました
一家というものはこうやって　一つところにおらにゃいけませんねえ

〔注12〕「嗣夫」という私の名前は、愛媛のある牧師さんがつけてくれたものだと、父に聞いたことがある。聖書、マタイ伝福音書第五章、「幸福《さいはひ》なるかな、柔和なる者。その人は地を嗣《つ》がん。」より。ふるさとを離れようとする私にとって、それはどのような「地」なのだろう。

十、わが家の祭りは終わった

風呂に入り寝床について　この一両日をふりかえる
陽気な墓掘り　八畳間でのにぎやかな酒盛り
讃美歌　牧師さんのことば……
これでふるさと脱出は完了した

四万十川の山奥から高知市へ　おじいちゃん　おばあちゃん
よかったね　やっと町へ出てきたよ
これからは近くで一緒に暮らせる
そう呼びかけながらも

神は愛の下で
骨たちは高知の一夜を安眠できるだろうか
祖父が生きていたころ　高知へ出てきても

すぐ山の仕事を思いつき　そそくさと立石へ帰っていったが
ナバ（きのこ）木を切らにゃいけん
いんで田ごしらえもせにゃいけん　草も茂っちょるし
いても立ってもいられなくなっているのではないか
眠れなくなった私のからだが　その時

すーっと中空へ浮遊しはじめた　と思ったら
闇の中に沈んでいくふるさとの墓地が　はっきりと
見えてきたのだった
かたわらの桜の古木が花を散らせている

穴に投げ込まれた石碑が横になり斜めになり
さらに底へ底へと
やがてその静寂の中で
あちらから　こちらから　つぶやくようなうめくような声が起こった

散らばってひっそりしていた骨たちが身を起こしはじめたのだ
もはや祖父ではなくなった祖父の破片
祖母ではなくなった祖母の破片が
もとの姿にかえろうとして

自分の名前の刻まれた重い石がたたきつけられ　のしかかっているので
苦しい息づかいが闇の中に満ちる
骨は動き　土はゆるみ　石はずれ……
お互いに呼び合い求め合う

しかし　もとの姿にもどろうにも
いくつかのつぶれた箇所があり　欠けた部分があるのだ
そのことに気がついて
また骨たちの新しい驚き　悲鳴　笑い声がどっと起こる
嗣よ　この墓へ来ちゃいかんぞ　墓を拝んじゃいかん
ここはもう先祖の墓じゃないことを知っちょけよ

聞こえてくるのは正則さんの声か
骨たちはそれでも立ち上がり

牛も起き　犬がほえ　ムササビが飛び
向こうの山　こちらの谷　しだいに大きく呼び合い応え合う
太鼓の音も聞こえる
育たずに死んでいったおびただしい嬰児たちが
石ころの闇の中で光のような繭を作っているのが見える
土地争いで肩をなたで切られた男は
もういっぽうの手でたいまつをともして
こちらをのぞき込む
その前を
美しい魚が何匹も横切っていく
闇そのものが　かすかな光のようでもある
イノシシを追って走る者
草の中にうずくまる者
頭が半分欠けたまま　ひょうげた踊りをおどる者

浮遊する私はどこにいるのだろう　はっきり目をあけて
骨たちのにぎやかなうめき声　笑い声を
聞いていた

闇の中にも
四万十川祭りがあるのだった

＊　この詩集を書くにあたって、次の資料を参考にさせていただきました。部分的に引用した箇所もあります。
　十和村史（十和村史編纂委員会）
　十和の民俗 上・下（十和村教育委員会）
　満州国第十二次集団万山十川開拓団史資料集（十和村教育委員会）
　高知年鑑（高知新聞社）
　出発のためのエッセイ（上田博信）

詩集『ガソリンスタンドで』（一九九五年）抄

ケヤキ林の中で

早春のケヤキ林に来た
葉を落としたままの高い梢
深い空
夢のように雲が流れる

私の呼吸が静かに始まるのを知る
内臓が明るく雲に照らされていく
透明なものが奥深くめぐる
手や足も少しくらい香りをまとって

ひとはくり返し
世界が無根拠であることを述べるけれど
それだけで生きていかれるはずはない
そう
だまして下さい言葉やさしく*

高いケヤキの木の下で
風の音　沢の音　時の過ぎていく音を聴く
ともかく私がいま生きているのなら
私をだましていることばを聴こう
無根拠から根拠へ　根拠から無根拠へ
ことばはらせんを描いて上昇し
ケヤキはのたうち　雲はちぎれ
速度を増し

気圧の低いケヤキ林の中で
私は生と死のあわいに

横たわる
ちぎれた雲がまたふくらみ　輝きながら

＊　永瀬清子

花冷え

四月二日
梅原先生が東京へ発つというので
夕ぐれの高知港へ見送りに行った
養護教諭として九年
もうお嫁には行かないのかな　と思っていたら

サンフラワー号の高いデッキから
はるか下の岸壁に並ぶ小さな私たちを
梅原先生はじっと見おろしていた
彼女に投げてもらったテープの一つを受けそこね
テープはころがる
たぐればたぐるほどスピードをあげて　海へ落ちた

幾本かのテープが
すこし寒い夕ぐれの風の中で湾曲し　ふるえている
湾曲し　受けそこね　いま春
心に傷を得て休みがちだった女の子もふたり
見送りに来て
やはり小さくなってテープのはしをつかんでいた

薄暗くなって
サンフラワー号は高知港を離れる　梅原先生！
捻挫の処置　のどのトローチ　高熱の額の手のひら　過呼吸のビニール袋……
みんな手を振った
浦戸湾を出ていく船にむけて
車のライトを点滅させた

私の日ごろのテーマである「詩とは何か」
あるいは「ことばの現場とは何か」

それはすこし横においておいて
きょういちにち　花冷え
と書く

花梨

花梨をアルコールに漬けた
天から降ってきた10個くらいの花梨に
果実酒用アルコール1.8 *l*を
ゆっくり注いだ
花梨　かりん
いい音じゃないか
台所の薄暗いところに置いて
いい音がひろがっていくに任せた

左手をかいでみると　花梨の香り！
五つの指が　どれも花梨
てのひらも　花梨
しっかりつかんで洗ったから
この香りはことばでは伝えられない

なにかにたとえて
香りを意味として広げたくない　移したくない

ついでに右手をかいだら　なんの香り?
それはタワシのにおい
しめっぽい
くらしの
底の
かたまりのにおい
右手と左手をそっと重ねて　かりんとつぶやく

意味として広げたくない　移したくない
とさきほど言ったが
天から降ってきた10個ほどの花梨を
わたしのところへ届けてくれた
あのひとのほうへ
香りをすこし溶かしたい

サザンカ

もうすぐ終わりになるサザンカの　紅が散りこぼれ
空が水色に輝きはじめた二月
「きみら　いま何歳？」
中学生たちの教室で
ふとそんなふうに聞いてみた
「13。」

13歳！
あたりまえのことだが　なぜか
13は新鮮だった
そうか
きみら一人前の顔はしているが
ついこの前まで　はいはいをしていたわけだ

お母さんに抱かれておっぱいを吸っていた
その少し前はまだからだもなくて
愛しあう男と女にはげしく呼びかわされた
一つのことばにすぎなかったんだね

（今でも　半分くらいはことばのままだ）

13歳につまずいて
廊下をひとり帰ってくる
帰りながら　数えきれない季節をくぐる
そう
自分もいま
一つのことばの方向へ帰っているのだ
近しい者の間で呼びかわされ
しだいにとぎれ　忘れられ……
そして
水色に広がる空と　サザンカの花

初夏

その日は「スコップ」
から始まった

というのは
車で出勤の途上
前を行く四輪駆動車のうしろに
一本のスコップが
目もさめる鮮やかさで取り付けてあったのだ
それはスペアタイヤを押さえつけるために
斜めに装備されていた

一つの道具が
ある思いがけない位置にととのえられた時

ほこらしげな
実に vivid な輝きを放つことがある
それはもう道具をこえて
ことばにまで羽化しようとする

そう
その日はスコップ一本で満ちたりていた
朝の土佐道路を走る私の心を
スコップよ　と呼んでもよかったし
歩道を歩く女性たちの服の下にも
やわらかいスコップが隠されているのは確実だった

初夏の　死体を埋めるもの
新しい水脈を掘り出すもの
ただし
「スコップを埋めるスコップ」というようなところへ
あまり深く迷い込まないように

職場に着くと
けさ庭に咲いていたスコップの幾本を
花瓶に活けた

朝

7月12日
静かな朝食をとっていると
テレビ画面に
アメリカとベトナム　国交樹立　というニュースが流れた
怨念のベトナム戦争終結から20年ぶりである
私は
ほたれ　トマト　冷や奴　を食べながら
梅雨明けのさわやかな気持ちで　ニュースを聞いた

そういえばゆうべ　私は
むかしのレコードを遅くまで聴いたのだった
カルメン・マキ　アダモ　吉田拓郎　加藤登紀子
白く輝くような数々の夏や　秋を

思い出しながら
さとうきび畑のむこうから飛びたつ爆撃機
『ねじ式』のメメクラゲの海岸
読書会
デモのとき腕を組んだ女の子の横顔
「殺すな」の胸……

「戦争の傷をいやし、国内での対立を過去のものにしよう」
と　クリントン大統領は演説した
多くの反対を承知の上で
この時期　ベトナムとの関係正常化に踏みきったのは
アジアにおける発言権の強化
行方不明米兵問題
台湾問題にからんで関係がぎくしゃくしている中国を牽制すること
次期大統領選をにらんで
和解や　連帯に
叙情の入りこむすきまはない

私は冷や奴を食べ
夏シャツを着
ぎりぎりの　力学としての朝にむけて
出勤する
ほんのすこし
新しいうたを捜すこころを　火種として

＊『ねじ式』――漫画家、つげ義春の代表作。
＊「殺すな」――べ平連のバッジ。

ガソリンスタンドで

車にガソリンを注いでもらう
ボンネットをあけて
エンジンオイルも入れ替え
バッテリー液もつぎたしてもらう

私は車から降りて路上を見ている
春の風
何かの資材を積んだトラックが通る
植木をゆさゆさせて小型トラックも通る
ひっきりなしに流れ過ぎるのは乗用車
怒りのように　気任せのように
おびえのように　飢えのように　風のかたまりのように
砂のように

路上を通るものを見ている
かつてこの先で　父はひとつの信仰に突きあたった
姉は通りすがりの男に
路上から横へ連れ込まれたままだ

かつて二輪で暴走していた一人の少年は
深夜　この路上で転倒死した
少年のゆくてに角材を投げ込んだのは
私である

車に満タン
ガソリンを注いでもらう　透明な炎を
ついでに洗車もしてもらう
深く　路上に消えていくために

詩集『薊野１２４１』（一九九七年）抄

名

薊野 1241　と書く
これは地名　番地　住所である
「薊野」をたとえば「すすき野」に
「1241」をたとえば「25」に書き替えることもできるが
そんなことをしてもたいして意味はない
かえって余計な問題をかかえ込むだけだ
「薊野 1241」でよい

これは私の住所である
縦穴であり横穴であり湿気であり乾燥である

ほかの人には何の関係もない　だから
何の興味もないかもしれない
もし勝手に他人が関係してきたら
困ったことになる
法をもって排除——そんなものものしいことになる
かもしれない

薊野 1241
これは私だけの場所
私の肉体を住まわせる肉体
私の精神（もしあるとして）を鎮める精神のようなものである
だから　その名を呼びながら
私は繰り返し帰っていく
どんなに真っ暗でも
どんなに酔っぱらっても　そこに帰っていく
途中　月に向かって小便することはある
突然　野犬におびやかされることもある

境界

薊野1241に隣接して
1240が
ふいと立ち上がることがある
だれかを呼ぶ声
ものを動かすけはい
水を使う音……
私のものではない不思議な音に聞き耳を立てる時
1241と　1240との境界が
かすかにふるえる

薊野1241に　どこからか一匹の猫が迷い込んだ
魚の煮付けの残りをやると
食べ終わって

ありがとうも言わずに1240のほうへ歩いていく
そのとき境界線を引っかけた
引っかけたまま1240へぐいと入り込んでいく
ゴムのようにのびる境界線
と思ったら　猫からはずれて
もとの位置にもどってふるえた

薊野1241と　1240との境界に
アジサイの花が咲く
境界が
鮮やかな花色に　からくれないに　深い紫に溶けていく
1240から聞こえる声が　私の声のつづきとなる
ただし
よく見てください
アジサイの根元の暗がりには
しばしばヘビが住んでいるのだ

薊野1241と　1240との境界を
長いヘビが縫うように這う
いえ
その時ヘビは境界そのものだ
私は棒で軽くたたいて追っぱらう
ぽんぽんと　背骨か肉か　音がした
急に向きをかえ　1241のほうへ入り込んでくる
はねとばそうとしても
強い力で外壁のトタンの間に逃げ込んだ

薊野1241
夜は冷たい一本の生きものを抱いて
眠りにつく

カナカナ

薊野 1241
カナカナが鳴きはじめる
もうすぐ梅雨も明けようとする七月の初め
ふと　遠くから
ひとすじの澄みきった声で

声はやがて近くの山で
ひびきあう無数の声となって
薊野 1241 を鎮めるように
薊野 1241 を呼びさますように
私はソファに横になり　カナカナを聞く
からだが　裏もなく　表もなく　ほどけていく

「即物的に見れば、人間は多数の管《チューブ》から成っている。あなたが、たとえば癌の末期になって集中治療室に入れられると、あなたのすべての管《チューブ》は外部の管につながれる。そのときあなたは人間が管《チューブ》の集合体であることを知るであろう。*」

私は勤めから帰り　シャワーを浴び
もっとも単純なチューブとなって　カナカナを聞く
何百年かむかし
私がちちははと一緒に暮らしていたときのことなど思い出しながら
あるいはこれから先
自分のことばに難渋して生きていくことなど考えながら

横たわるチューブの束
それを構成する一つ一つの物質　それらの「系」が
すべて読み解かれたとき
たとえば　どんな詩の一行を書きしるすことができるだろう
私のものではない「ことば」を使って……

薊野 1241
横の山でカナカナが鳴く　ふれあう鈴と鈴のように
私と　それをつつむもうひとつの　チューブ 1241
その空洞に鳴りひびく
薊野 1241　それ自体が
やわらかい楽器（organ）となるのを
いざなうように

＊　多田富雄『免疫の意味論』（青土社）

詩集『春の庭で』（二〇〇一年）抄

春の庭で

薄日の差す浅い春だった
長いあいだ引きずってきたごく私的な煩悶から
まだ逃れられずに
私は庭にしゃがんで
棒きれで
植込みの落葉をつついていた

すると
棒の先が何かの新しい芽をつつき出した　小指の先くらいの
なんだろう　ウドの芽かな　ここらへんにウドはなかったはずなの

に　薄みどりをしている　朱を帯びている　ヤマシャクヤクの芽かな　しかしここらへんにヤマシャクヤクを植えた覚えはないが　なんだろう　なんだろうとつついているうち　それは餅の芽だとわかってきた　一か月くらい前に捨ててあったのだ　年の暮れについた正月の餅　食べ忘れて干からび　庖丁の刃も立たないくらいにかちかちにひび割れ　カビも生えてしまったのを　庭に捨ててあったのだ　その餅のどこかに　まだ生きている部分があって　そこから芽が出てきたのだろう
しかし
それにしても不思議だ　捨てた餅に芽が生えるなんて　こんなことがあるんだろうか　ちょっとおかしい　これは何かのまちがいではないか　餅に芽なんてうそだ　こんなことがあるはずはない　てっきり夢だ　私は立ち上がった　夢を見ているのだ
でも　夢ならあわてることもあるまい　そのうち出口に至るだろう　まず両手を頭上に伸ばしてみることだ　枕元にある電気スタンドに触るはずだ　目覚まし時計にも当たるはずである……

薄日の差す浅い春だった
ごく私的な煩悶を引きずりながら
私は庭を歩いた
両手をかかげ
頭上をさぐるようにして歩いた
ヤブツバキが咲いている
ヒヨドリが一声叫んで逃げていく

花

きょうはひとりで、
小春日の山の小道を歩いています。
落葉はしだいに白茶に色あせ、
さまざまな形に反り、巻き、縮み。
わたしの足元で跳んでいくもの。
窪みに集まってささやき合うもの。眠りにつくもの。
わたしの子供はどこへ遊びに行ったんでしょう。
また、涸れた花の井戸でものぞきに行ったのでしょうか。
ほんとうは、
こんな冬枯れの季節でも、
花はどこかに咲いているはずです。
冷たい極北の地でも、
背を低くして、風をよけて咲くのです。

石灰岩の石ころの中でも咲くのです。
見えない花となっても。
だからわたしは落ち着いた心で、
ひとり山道を歩いています。

あの人と出会ったのは、
空が新しい光で水色に輝きはじめる二月のことでした。ふたりでこの道を歩きました。葉を落とした雑木の山々は美しい灰桜色で、しかし近くの木々を見ると、枝先にはもういっぱいの樹液が送り届けられているとみえ、うっすら紅をさしているものもありました。そんな裸の林の中に、目もさめる鮮やかな紅色の花を開きはじめているツバキもあり、ヒヨドリが数羽、かん高い声で鳴き交わしていました。
わたしたちは手をとり、幾度も立ちどまり、抱き合い、重心がわからなくなってよろめいたり、また歩き、そして、暖かい日だまりの落葉の中に腰をおろし、手と手でお互いを確かめ合いました。わたしがそっと横になると、あの人はわたしの上に重なって……。ふたりは落葉の底へ底へと沈んでいく。木々の梢はくねりながら空へ空へと伸びていく。わたしが目をつむると、ヒヨドリの一羽がわたしの胸の中へ飛び移ってきて、するどい叫び声をあげました。しばらくして目をあけると、木々の枝は二月の光の中で、まぶしく輝いていました。

それからまもなく、
あの人は死にました。それがあの人の運命だったのです。白く乾いたなきがらを、土に埋め、ツバキの花を置きました。わたしはすぐに、あの人の子供を産むことができました。忙しい日々の始まりです。ヤブツバキは咲いては落ち、咲いては落ち。菜の花やレンゲの花は、咲きひろがり、咲きひろがり。わたしは花の井戸へ通いつづけました。子供の飲みもの食べものをすくいつづけました。多くの動物たちがするように、子供をくり返しなめてあげ、おでことおでこを突き合わせ、押し転ばし、抱きしめて……。そして、桜前線が通り過ぎていく。色とりどりの花が野山に満ちる。時間はやさしく、濃く、あるいはふいに終わりそうに、うすく。

春、

子供をつれて花を探しに行きました。花を、花の中の花を、非在の花といってもいいような花を探しに。山は、萌え出るものがいちずに、色すきとおるように重なっていく。あちこちに、ふわり、ふわりと、山桜が咲いている。ツツジやアシビも咲いている。

山道に立っていて、ふと、わたしは、自分の胸のうちから聞こえてくる不思議な音に気づきました。どろどろどろどろ。それは風の音のような、水の音のような。どろどろどろどろ、水煙を上げて落ちる滝の音のような……。そう、わたしの胸のうちには、抛物線を描く一本の白い滝が育っていたのです。なぜか急にこわくなって、子供の手を引きとめ、それでもじっと耳を澄ましていました。わたしは、何かにいざなわれるように、この滝を探しに来たのかも知れません。ふたりのそばには、金のミツマタの花、イタドリの枯れ枝など。

季節はすこしずつ移っていく。

山々は、まるでことばを発するように、日に日に新しい緑にときめいていく。見おろす川は、まるで心を抱くように、ふくらみ、ほそり、ゆるやかな曲線を描く。わたしはとり残され、そしてまた急いで追いつこうとする。谷間にはエゴの花が鈴なりに咲き、甘い香りがただよいました。シイの花やクリの花、そして数々のウツギ。朝に夕に花の井戸への幾往復。大切な飲みもの食べものを汲みつづけました。


ネムの花が咲いて、夏が来ました。

時の重なりが、ぽっぽっとピンクの断面を見せる。わたしは川に降り、澄みきった水の中をはだしで歩く。小さな魚があわてて散っていく。アユたちが水苔を食べたあとが、キスマークのように水底の石についている、かすり模様に。

またわたしは子供をつれて、小高い丘へ登っていく。田んぼの水のにおい。草の中のオニユリ、ヒルガオ、ノカンゾウ。丘のむこうにはまぶしく輝く入道雲が立ち上がっていました。ゆっくりと大地も傾くように。わたしは子供と手をつないで入道雲を見上げました。

さわさわさわ、夏の風が渡っていきました。さわさわとカヤが波をつくり、さわさわさわ木の葉が白く裏返る。ふたりは何かを待って、何かを聴こうとして、いつまでも草の小道に立っていました。さわさわさわさわ、やわらかく大きなものが吹きすぎていきました。

わたしは子供の体を洗ってやる。よごれたものは始末する。抱きしめ、突き放し、そして抱きしめ、ふたりの間にことばが育っていく。やがて地にはクズの花、秋がおとずれました。クズの花の咲くころには、川に大きなカニが下ってくるといいますね。そんな川べりをすばやくヒガンバナが燃え移っていくと、それを合図に、見渡すかぎりの花野となる。夜は虫どもの声、虫どもの沈黙が、世界のすみずみまで満ちる。そんなとき、わたしはくり返し、子供にお話をして聞かせました。遠いツバキの花のこと、花の井戸や滝のこと、いろいろな動物たちの物語……。
いつしかススキの原も枯れ、降りつもった光の波となりました。

もう冬です。

山々はすっかり葉を落とし、あの寂しく美しい灰桜色にかわっていきます。でも心配はありません。クズの花の咲くころに汲み上げた食べものを、十分たくわえてありますから。子供も、わたしのもとからいつでも飛び立っていくことができるくらいに、成長しましたから。

ある日、向こうの山々を眺めていたら、その一つの頂上に、白い道が絡みつくように伸びていました。トラックが登り降りしています。どうやら山の頂上を切りくずし、石灰岩を運びおろしているようです。あんな石ころを、どうするんでしょうね。あれを使って、壊れやすい建物をたてるんでしょうか。消えやすい橋を架けるのでしょうか。その時ふっと、不思議な思いが胸をよぎりました。わたしはいまひとりの女性として生きているけれど、ほんとうは男だったのではないか。たとえばあの石灰岩を運ぶトラックの運転手だったのではないか——と。子供を育てる女性というのは、ほんの一瞬の仮の姿ではないかと。

李復言の「杜子春伝」を読んだことがありますか。杜子春は道士との約束を守りぬいたために、女性に生まれかわってしまう場面がありますね。請われて結婚し、子供まで産んでしまう。しかしその子供が夫にたたき殺された時、さすがの杜子春もたまりかね、叫び声を上げました。気がつくと、もとの場所に道士とともに立っていました。さらに、道士と一緒にいたことさえも夢だったのではないかというように、覚めていきました。

わたしも、そんなふうに覚めていくかも知れません。この約束の土地で、一つの約束をふみはずし、気がつくと、崖の上を走るひとりの運転手、あるいは運転手の子供たちを教室に集めて、むずかしい授業をしたり、テストの採点などしている教師に、なっているかも知れません。

でも、仕方ないでしょう。
運転手でも教師でも、
生きていけると思います。
落下する滝ではなく、浮遊する生暖かい存在となっても。
なぜなら、

わたしには、ツバキの花にはじまる数々の花の記憶がありますから。
花の記憶——それはきっと、
きょうからあしたへ、わたしを連れていってくれる、
ことばのようなものでしょう。

井戸

三月になったある夕方
ふと雨だれの音に気がついて
私はレースのカーテンを開けた
いつのまに！
外は盛んな雪になっていた
車庫の屋根に降ったものは溶けてしずくとなり
庭のヤブツバキに降るものはうっすらと葉に積もり
いくつか咲いた花がひときわ鮮やかだ

まっすぐに落ち　あるいは斜めに横切り　あるいは舞い上がるように降りしきる春の雪を眺めているうち　不意に私は　薄暗くなりかけた庭のかたすみに　古い掘り井戸が住みついているのに気がついた　そう　いつからか井戸がそこに　ひっそりと生きていたのだ

私はカーテンのかげに立ったまま　井戸の記憶を呼びもどそうと試みた　例えば私の幼い子供たちが庭で水遊びをしていたころ　井戸は何を考え　何をしていたのだろう　子供たちからすこし離れてころんころんと笑い声でも立てていたのだろうか　私の生徒たちが突然の事故に巻き込まれ亡くなった日　私は夜おそく　泣きながら学校から帰ってきたのだが　そのとき井戸はどうしていたのだろう　やはり深い悲しみに沈んでいたのだろうか　長い長い年月　凍てつく冬の日　赤錆色の汚れた水の湧く夏の日　井戸はどのように潜み遊び　声を上げてきたのだろう　深呼吸をしに森へ出かけ　澄んだ音楽を聴くために星空へ飛び立ったこともあったのだろうか
確かなことは　いま私の庭のかたすみに　古い井戸が　うずくまるように住みついているということである　ひたすらに生きてきたものが持つ深い陰影をまとって　いや　まるで何かを扼殺でもしてきたかのように　音もなく　憔悴しきっている　その井戸を飾るように　ヤブツバキが深紅の花をつけ　やわらかく包むように　春の雪が降り込めている

私に寄り添うように
庭に住みついてきた古い掘り井戸
そして
井戸をほとんど聴くこともなく
年を重ねてきた私
しかし
日常のおりふしにふと私が口ずさんでいたのは
知らず知らずのうちに聴き覚えた井戸の歌
だったのではないか
私がときおりみせる怒りや
何かに対する小さな意志の身振りも
地下から汲み上げつづけてきた井戸の文法
によるものかもしれない

詩集『ささやかなこと』（二〇〇四年）抄

母

父が　母をつれて
家の近くの小山のまわりを散歩する
母は墓地の前に立ち止まり　おじぎをし
ほこらの前に立ち止まり　手を合わせ
ゆっくり　ゆっくり歩いていく

晩秋のこと
母は家を出たまま帰らなくなり
まる二昼夜　どこともわからない国をさまよって
ある民家に保護された

はだしで
震える手には野菊の花を持ち
ポケットには
どこで拾ったのか
何を思ってのことか
いくつかの柴栗と白い玉砂利が入っていた

それからは母が外を歩く時
いつも父が付き添う
きょうも散歩のついでに
わたしの家に立ち寄った
二人はちぐはぐな笑顔で
アジサイやホタルブクロの咲く庭に入ってきた
提げていた黄色いポリバケツの中から
左右ふぞろいのスリッパを取り出しながら
「これ　削って煎じたら　からだに効くつうよ」
母はわたしにやさしい言葉をかけた

父と母が　いつもこうして散歩する
唐突だが
人間の目は
カマキリが餌をねらう時に似て
動くものしか見えないのではあるまいか
岩が見えはじめるのは　岩が動く時である
世界が見えるのは　世界が動きはじめた時である
いま　わたしの目に
ある切なさを伴って
母の姿が見えはじめた

靴

父と母を寝かしつけ
子どもや妻をやっと寝かしつけ
それから犬小屋の犬を　庭の木々を寝かしつけ
（風のない晩だからよかった）

自分の部屋ですこし本など読んだあと
わたしも枕元のスタンドを消した
が　ほどなくまた目が覚めてしまった
家の中に　まだ寝入っていないものがある

すべての寝息のリズムの中で
一箇所だけ不自然に伸びちぢみするものがある
玄関にある靴箱だ　いやその中の

買ったばかりの黒の靴だ

あしたからわたしは旅に出る
旅に出るために新しい靴を用意したわけじゃない
逆だ
古い靴を買い替えたら　急に旅に出ることになったのだ

寝つかれない靴とわたしはしばらく話を交わした
旅の途上で　深い穴にでもさしかかった時
自分の重心をうまくずらせる方法について
旅の途上で　思いがけなく一人の女性と出会った時

体の中を吹きすぎる風の香りの受けとめ方について
行く手を遮る大きな岩に突きあたった時
その岩に一輪の花を飾るやり方について
あるいは明るい日差しの中で揺れる鎖の長いぶらんこに行きついた時

動くものの中で動かないものを見つける心構えについて
とりとめもない話なのだが　そのうち靴は
「あしたがあるから」とつぶやいてやっと寝息をたてはじめた
わたしはひとりとり残され

今度は
その「あした」とやらを寝かしつけるため
何度もそっとトイレに立った

東北への旅

列車は春まっただ中を突きぬけていく
四国山地はどこもツツジと山桜だ
わたしたちは仙台に住む仲間に会いに行くのだが
ついでに宮沢賢治のあとをたずね
盛岡まで行ってそこで句会でも開こうかということになっている
さっそく車窓の風景を拾いながら
「どの駅も桜……」とつぶやいて
ふと先ごろ読んだ『吉本隆明歳時記』を思い出してしまった
田中冬二の「虹」を引用しながら次のように述べてある
——偶然ある朝眼に触れた日常の一齣を、
自然時間の流れの順序に、
自然時間の流れとおなじ速さで切抜いただけでないか。（中略）
〈詩〉はもともと言葉が自然時間を拒否するところから

はじまるはずだ。
ある時自然の草花を投げ入れただけの生け花に、
美を感ずることがありうるように、
こういう詩をかいてしまうことはありうる。
けれど失敗としてありうるというにすぎない。——
失敗だと！
なんときびしいことをおっしゃる
実はわたしの書架には田中冬二全集がどんと並んでいるのだ
わたしは「失敗」が好きなのだろうか　心が弱いのだろうか
「どの駅も桜」が急に色あせてしまったので
トンネルに入る前に車窓から投げ捨てる
しかしそれにしても
きょうは遠方のなつかしい仲間に会いに行くところ
無理に自然時間に敵愾心を持たないで
自然時間とたわむれていたいのだが
列車は「南風」４号から「ひかり」100号へ
後ろへちぎれとぶ風景をそのままに

考え　眠って　駅弁たべて　また考え込んで
たしかに人間の精神というやつは
自然をそのままでは受け入れようとしないやっかいものだ
自然時間に逆らって
別の時間（文化）を創り出そうとする本質がある
でも最近になって
地球という自然時間の声もちょっと聞いてみては
ということになっているようだが　これはどういうことだ
人間の精神のほうが逆に変形を受けたのか
その時わたしはまた一つの言葉を思い出した
真木悠介が　詩人山尾三省と共に暮らす順子さんのことば
「ただ生きる、ということを、したいのよね」をとりあげた文章で
――表現が、あらわす、ということであるかぎり、
それはいつでも、いくぶんか、生を裏切る。
しかし表現は、あらわれる、ということであることもできる。
表現が〈あらわす〉ということでなく、
〈あらわれる〉ということであるかぎりにおいて、

表現は、生を裏切ることのないものであることができる。(中略)
〈あらわす〉ことを、そぎ落とすこと。
〈あらわれる〉ことに向かって、純化すること。
洗われるように現われることばに向かって、降りてゆくこと。――
わたしたちの列車は
東京駅から「はやて」19号へ
桜前線を追い越して　風景をそぎ落とすように仙台に向かう
あらわれる?
ほんとうにあらわれるだろうか
(仙台駅では待ち合わせの場所に仲間があらわれなくて慌てたのだが
この話はここでは措く)
そういえば
木を削って仁王像を彫りだそうとするのだが
木の中に埋まっているはずの仁王はいっこうにあらわれない、という話もある
あらわれる、というのは一種の奇跡なのかもしれない
次の日　わたしたちは案内されて名取川畔を歩く
山すそのあちこちに

うつむいた形のカタクリのつぼみ
このカタクリが　曲がったかたちでそのまま句であればいい
と思いながら
その次の日は花巻の宮沢賢治記念館あたりの松林をさまよう
すんなりと幹をくねらせて立つ赤松が
女体のようなその艶な姿のまま同時に詩であればいい
と夢みながら
しかし　この旅の途上の浮遊感
これも自然時間なるものだろうか　あぶないあぶない
とうとう最終目的地である盛岡に着いた
着くまでずっと自然時間につきまとわれていたような気もする
自然時間って　何だろう
四季おりおりの景物
それを受けとめる日本の伝統的な感性、ということか
自然時間を拒否し
拒否するエゴをいましめるために「あらわれる」のを待ち
自然時間とたわむれ　また抜け出し

ただいっしんの　カタクリ
ただひたすらの　雪うすべにの南部片富士
ただゆったりの　旅のわたし
盛岡駅前の和食「秀衡」で山菜づくしを注文したら
うど、こごみ、しどけ、葉わさび、ふきのとう、行者にんにく、
なんかが出てきたが
これらもすべて　おいしい謎だ
当地のお酒を少しいただいて
夜の句会のころにはもう
精神だの表現だの　何がなんだかわからなく
〈小岩井農場〉
春浅き四次元の森に迷ひたし

＊　真木悠介『旅のノートから』（岩波書店）

ある夕食会

好日と呼んでいい日があるものである
その日もどういう風の吹きまわしか
いや
一日がすっかり
淡い風になってしまうような日であった

退職前後の男女六人が
高知市Sホテル12階のすみれの間で
夕食会をするという
それぞれにさまよいつづける六本の心が
急に一点で交差するという

懐石料理をいただきながら

孫の話や
信号を突き抜けて通りすぎた国体観戦の宮様の話
下着をその場で脱いで客に売る女の子のアルバイトの話……
たわいもないひとときだったが

しかしこれを至福と呼ばずに何と呼ぼう
熟年男女がお城の見えるビルの高いところで御馳走を食べる
こっけいで　そして愛《かな》しく
「すみれの間」とは
六本の心が編んだ花籠のことである

時間がきて
花籠を解く
女二人男一人はのこしてきた家族のほうへまっすぐに
男二人女一人はいましばらく
三本がうまく交差する三角地帯を求めて

焼酎専門のスナックでムギを飲んでいるうち
やがて男一人は「あした」を思い出して帰っていき
残った二人が「きょう」をおかわりしていたら
詩人とやらが
顎のところを蛍光させて入ってきたり

好日と呼んでもいいと思う
女一人が夜更けの風の中に消えたあと
わたしはひとり歩いた
気がついたら初めのSホテルの真向かいに来ていた
その窓という窓はもう暗かったのに

12階のすみれの間だけはまだ明かりが灯っていた
六人の男女が窓辺に並んでこちらを見下ろしている
若い日のわたしたちである
さよなら
おやすみ！

わたしは手を振ってから　タクシーを拾った

詩集『花ものがたり』（二〇〇七年）抄

小さなビッグ・バン

もちろん
落葉の下にもぐっていく一匹のカブトムシでもいいのだが
ここでは　例えば
庭のかたすみに植えつけられた一個のスイセン——その
憲法色《けんぼういろ》の球根のことを
思い描いてください
それは中心にむかって凝縮したエネルギーの塊だから
やがて　爆発を起こす
一つが二つに　二つが四つに　四つが八つ九つに……

またたくまに分球増殖し
波紋のように周囲に広がっていく
それは小さなビッグ・バン
静かに潜行するかと思えば
ときどき宇宙に白い閃光を放つ
風に吹き流されてくるその放電の香りを
あなたも
ふと
買物帰りの道などで聞くことがあるだろう

少しずつ進んでいく球根の前に
むこうから砂漠が近づいてくることもある
球根は立ち止まり
とまどい
あるものは枯死し
あるものはかろうじて自分の深部に潜み耐える
また　広がっていく球根の先端部分に

投下された爆弾が炸裂することもある
球根は無残に飛び散っていく
中には傷ついたまま着地し　土にもぐり込むものもあるはずだ
「スイセン」で行き詰まったとき
「細胞」まで降りてくるのだ

このようにして球根の波紋は広がっていく
障害物に出会って　反射し
屈折し
あるいは回折し
またお互いに干渉し合いながら進んでいく
そうして何百年
何千年か後に
あなたの光の傾斜地に到達するだろう
スイセンを出迎える用意を
していてください

手紙

ある日　あなたのもとに
すてきな手紙が届いたら
急《せ》いてすぐ封を切ってしまうというような
乱暴なことはしないほうがいい
そのまま　そばにそっと置いておきなさい

もちろん　用件だけの手紙なら
すぐ中身を確かめ適切に対応する必要がある
そうでないうれしい手紙は
あわてて開封することはない
封印された言葉をそのまま抱きしめていなさい

すてきな手紙かどうかは開封してみないとわからない、と

あなたの目が訴えているね
それはそうだけれど　わかるんだ
差出人はだれなのか
いつ　どんなかたちで届いたのか
（いい手紙は　不意に届くものなのだ）

その手紙をてのひらにのせて
封筒に反射する光を味わってみてください
ほのかな香りをかいでください
不思議な言葉がつまっていそうなその重み
中から響くかすかな音を聞いてください
（用件だけの手紙には　えてしてリズムが欠けている）

うれしい手紙はそのまま
そばに置いてときどき見遣ってください
あなたのやさしい視線の愛撫をうけて
中の言葉たちは　息づき

やがて封筒をみずから食い破って
羽化していく

そのようにして飛び立った言葉たちは
あなたの回りの一つ一つに
次次と　新しい名を付け直すことだろう
あるいは透明な訃音のように
いろんな夾雑物を捨象して
世界を切なく浮かび上がらせることだろう

ある朝　あなたの庭に
たとえばサフランモドキの花が咲き
その近くに
緑の柿の葉をくるくると巻いただけの
小さな筒状の手紙が落ちていたら
それも　すてきな手紙の一つだ

水仙

早めの夕食をとっていた母の　箸が
ふと宙に止まり
目があやしく光り
おびえた表情になる
――だれか来た　ワタシを殺しに来た
母は箸を置いて立ち上がる
聞き耳を立てるように玄関へ
わたしもその後についていく

（母が母でなくなるのは　いつもたそがれ時だ）

フィルムに焼き付けられた母の脳はすっかり萎縮し、周りに水がたまっている。水にゆられるように母はしばしば譫妄に襲われる。食事の時、「もっと食べえや。ありゃ、はやおなかがいっぱいになった」などと、自問自答に近い対話をしながら、横にいる見えない客にごはんをよそう。また寝る時も、だれと一夜を過ごすつもりか、自分の寝床の横にもう一つ敷布団を広げることがある。台所で、あるいは洗面で、水道栓の水を出しっぱなしにして、その水にむかって何やらぼそぼそ話しかけたりもする。時にはだれかに誘われるように家を出て、帰ってこなくなったり……。

母がこんなふうになってから、父はわたしに、二人が若かったころの話をしてくれた。例えば結婚は、仲人も式も披露宴もない、あのころの自由結婚だったという。友人たちの計らいで、母は親の反対するなか父のもとに走ってきた。親が連れもどしに来た時も、紙漉の槽にとりついていっかな手を放さなかったのだという。

激しい炎につつまれたこともある母の脳は、いま小さく萎縮し、ひとり水の中で浮遊している。

だれも来ちゃあせんよ、といっても
母は玄関の戸を開けて外をのぞく

ほらね、だれもおらんろう
――うそを言うな、ハツコが来ちょる、家の中へ入った
ふるさとの友人ハツコが来て　いま寝室に隠れたという
母について今度は寝室に入る
だあれもおらんじゃないか
うそを言うな、とまたきつい目で押入れを指さす
わたしが襖を開ける
おらんじゃないか、だれも
――そこにおらあえ、声がする
どこに？
――その奥よえ
仕舞ってある何かの箱と扇風機をとりのけた
どこにもおらんよ、ほら
――おるじゃないか、そりゃ、もっと奥
もうええ！と母は腹をたて　わたしをにらみつけた
隠れているハツコを見つけようと　家の奥の奥へ入ろうとする
もう捜すのはやめようよ……

わたしは押入れから出てきて
部屋のまん中に立っている母を　抱きしめた
——何をする！
激しいけんまくで振りほどこうとした
もういい、もういい、だれも来てないからね
わたしはさらに強く抱きしめる
——いやらしい！
母はわたしを　思いがけない力で突きとばした

そのとき
立ちすくむわたしに代わって
母を抱きに来たものがあった
開けっぱなしの玄関から忍び込んできた
水仙の香りである

花の骨

1

妹が死んだ
あふれるほどの紫陽花の
季節のまん中で
口をぽっかり開けて

二か月半ものあいだ
人工呼吸器の管を通していたから
口はもう
閉じることができない

二人めの子供を産んだ直後から

慢性関節リウマチに侵された
疼痛　骨の破壊と強直
さまざまな消炎鎮痛薬　その副作用とのたたかい

でも　やっと終わった
体重20数キロの動けなくなった妹を
夫である人は抱いて風呂にも入れていた
めぐりくる花の季節　雨の季節　夕焼けの日日……

でもやっと終わった
息子たち　そのお嫁さん　赤ちゃん
集まった家族のまん中で
口をぽっかり開けて
死んでから始まる自分の息もある、
といった表情で

2

何かのくちばしのような
長い箸を持った喪服の人たちが
白い骨にまで行きついた妹を
取り囲む
先ほどは泣きながら
棺に花を入れたのだが
斎場の控室で
冷やしうどんなんか食べたりしているうち
すっきりとした
晴れやかな顔になってきた

足の指の骨から
順順に
はさんで壺に入れていく
ぽっかり開けていた顎の骨も

だれかが入れた
最後に
あちこち散らばっていた　花の骨を
拾って
妹のすきまに
入れてやる

冬の蜘蛛

冬の蜘蛛が
まことにへたくそな巣を構えている
編み上げられた平面　その端っこには
数本の直線で組み立てられた立体の部分もある
やぶれかぶれの巣なのだが
見ようによっては完璧な美しさともいえる
糸の一本は　まっすぐ
光のかなたにつながっているのではないか

そのまん中へんに逆さにとりついて
じっとしている蜘蛛
暖かい冬日を浴びて　居眠りしているのか
もはや放射状に散開してしまった世界の底なしに向かって

落下しはじめる時を待っているのか
あるいは自分が蜘蛛であることの謎にひっかかって
巣よりも複雑な
揺れる迷路を　ひとり
たどっているのか

はるか頭上に
黄金の
ツワブキの花を咲かせて

詩集『あなたの前に』（二〇一一年）抄

傘

傘が破れた

雨が降り
日が照り
風が吹き
また雨が降り
傘が破れた

傘の下で
わたしもまた破れていく

働き
手をつなぎ
わたり合い
ひとりになりながら　破れていく

傘、とは
破れていくもの、である
だから
お化けにもなる

いや待てよ
傘、といってきたけれど
ほんとうは
言葉、といいたかったのかもしれない

言葉において
わたしは破れ

そうして
新しい言葉として
ぱっと
開きたかったのではないか
あるいは
言葉のお化け、といいたかったのではないか

雨が降り
日が照り
風が吹き
傘が　破れていく

傾きながら
音たてながら

方法

修辞に疲れたときは
ちょっと立ち上がって
一つ深呼吸をして
お手洗いにでも行ってみるといい
そして手を拭いて
春の空の
とりとめのない雲を眺めてみることだ

修辞にいらだつときは
こっそりその場を抜け出して
抜け出して
しかし　別に行くところもない
行くところもないということを

軽く
口ずさんでみてはどうか

なぜそんなに
修辞にこだわるのだろう
世界は十分にここにあり
しかも変幻自在だというのに
あえて
わたしという欠如を
追いつづけようというのか

修辞で行き詰まったときは
畑にでも出て
土の上に立つのもいいではないか
茎立ちとなった高菜の花を
ぴりっとくる浅漬けにしてみよう
横の小山では　ウグイスが

ホーホケホケ

風がやわらかく包もうとしているものを
そのまま
わたしだと言ってみる方法もある

石灰

林檎畑や麦畑で
若い男女がデートする話はあるが
わたしは
まだ何も植えていない春の畑で
女性の肌に触れてしまった

これから植えつけるカボチャやナスや
トマトのことなど思い描きながら
畑を耕し
畝を作り
石灰をまこうとしたとき

その石灰の袋に右手を突っ込んだとき

触れたのは
女性の肌！
つかんだのはやわらかい女性のからだ！
思わず手を引いてしまった

おそるおそる
石灰の袋に手を入れる
なんというなめらかな存在だろう
つかみ直しても指から流れ去っていく軽やかさ
さらに押さえると物質の重い密度
空《くう》であり　色《しき》であるもの

（こんなところで
袋に手を入れたまましゃがんでいていいのだろうか）

旧約聖書によると
神は男を土の塵で造り

女を男の肋骨で造ったという
ちがうちがう
そんな骨っぽいもんじゃない

神は女を
自分の姿にかたどって
石灰で造ったのである

ツワブキの花

済んだ

何年ごしかの
知人との約束の飲み会が
やっと済んだ

済んでしまった朝の庭に
ツワブキの花が
咲いている

一つ一つ　済んでいく
教え子の墓参りも済んだし
つるし柿もつるし終えた

長年つとめた仕事は
とうに済んだ
恋も……

そのうち
すべてが済むだろう
まるで世界が澄むように

地球が済む日は来るのだろうか
地球が済む日は
今朝のように

ツワブキの花が咲いていていてほしい

冬の雲

選挙でさわぎ
テレビドラマでさわぎ
残虐非道の殺人事件でさわぎ
野球やサッカーでさわぎ
さわぎながら年が暮れてしまった

雲がちぎれて　いくつか
空に浮かんでいる

猫のように
恋するときだけさわいで
あとは音もたてずに歩き
隅っこを慕い

うずくまり
うす目をあけて世を眺め
そんなふうに　いかないものか

ちぎれた雲が
葉を落としたケヤキの枝に抱かれ
輝きながらそこから離れていく

さわぐのをやめたら
木や石やわたしたちの体をめぐる水の音が
うれしい声となって立ち上がるかもしれない
光の中で万物が羽化していくその軽やかな響きが
聞こえるかもしれない
さわぐのをやめたら
死者たちのつやっぽいひそひそ話も
首や頬のあたりにとどくのではないか

ちぎれた雲が　夕日を受けている
そして
いろいろなおもちゃのかたちに変形していく

星座

それは木曜日の夜、文化会館九階の学習室で、文学学校の講義をしている時のことだった。わたしのテーマは、「現代詩入門」。明治の島崎藤村、大正の高村光太郎、昭和の金子光晴と、おおまかに日本の近代詩の歩みをたどり、次に現代詩のあれこれについて解説する。レジュメ二枚にまとめて受講者に配った。

本論に入る前に、わたしはまず、文学のもととなる言葉について、その不思議について話した。人間をもし最終的に支え、救うものがあるとすれば、それは言葉以外にはありえないということ。医師やお金があればそれでよいというものではない。自分の信じる言葉が失われたとき、人は生きていくことができなくなる。生きるということは言葉に出会うことだということを、わたしは力をこめて話した。

また、言葉がなければ、この世のすべての存在は姿を隠してしまうということ。「桜」という言葉があるからこそ、桜は意味や価値をまとった「桜」として立ち現われ、それを楽しむことができる。星座の言葉があるからこそ、あの無窮の夜空に水瓶やサソリが姿を現わす。言葉ほど不思議なものはないということを、わたしは感慨深く語った。

さらに、言葉がなければ、過去もないし未来もない。時間という経験は起こらないということ。赤ちゃんはまだ言葉がないから、きのうもなければ、あしたもない。ただただ、今という一瞬を輝くように生きているのだということを、わたしはていねいに説明した。

また東西の神話によると、神が世界を創造したという。神が「光あれ」と呼んだら、光が現われたという。次次と天地万物の名を呼び、それらを創り出したという。この場合、「神」を「言葉」と置き換えてもいいのではないか。言葉が、世界という秩序を創り出す。見えないものを見えるようにする。さらにそれらを編みかえていくのだ。……

そのとき、わたしはふと、教室がざわめくのを感じた。いちばん後ろに座っていたS子さん――文学学校の役員で、講義の司会進行を担当している――が、立ち上がってわたしのところへまっすぐ歩いてきた。

「先生、お体のぐあいが悪いんじゃないですか」

「いや、大丈夫ですよ」

「同じ内容のお話を、もう三回も繰り返しているんですけど」

「えっ!」

三回も、同じことを!　わたしはあわてた。腕時計を見た。60分の持ち時間がもう45分も過ぎている。これはどうしたことだろう。まだ本論に入っていないのだ。わたしの頭からすうーっと血が引いていくのを感じた。床に膝をつき、講義机に顔を伏せた。

「救急車を呼びましょうか」

机に伏せたまま顔を横に振った。S子さんは受講者に向かって、

「まことに申しわけありません。先生のぐあいがよくないようですから、今夜の講義はこれで終わりにしたいと思います。ほんとうにすみません。」

わたしは腰掛けに座って休み、S子さんは人のいなくなった教室をかたづけた。それから廊下に出て、つきあたりの待合いまで来た。

「ちょっと、水を飲みたい」

S子さんは、どこからかコップに水を汲んできた。ソファに座ってゆっくり飲んでいると、すこし心が落ち着いてきた。

それにしても、今夜はどうなっているんだろう。わたしは立ち上がった。九階の窓から夜の街を見下ろした。いちめん、星くずのような明かりである。ゆっくりと動いていくのもある。眺めているうち、そばにかすかな香りを感じた。S子さんが、わたしの横に並んで立っているのだった。

いつだったかなあ、思いだすことがある。もう二十年くらい昔のこと。わたしは一人の女性と、ホテルの窓に並んで立って、夜の街を見下ろしていた。いちめんにきらめく明かりだった。動く明かりもいっぱい。動きながら、明かりはわたしたちの目の前に、一つの大きな秩序を形作ろうとしているかのようだった。そう、あのとき街は、新しい星座を組み立てようとしていたのだった。そして……

今夜、その地上の星座が、ゆっくり解体しているのである。

「きれいね」

と、S子さんが言った。

『林嗣夫詩選集』（二〇一三年）抄

旅

山なみハイウェイを走る
紅葉　黄葉　草もみじの　万華鏡
大きな雲のかたまりが　いくつか
ゆっくりと東へ流れていく
山の頂が　雲の底をこすり
雲はその部分だけが粉粉に砕けて
雪になっているようだ

ほとんど光の波といってもいい　ススキの原
「注文の多い料理店」の屋根が見え隠れする

ホテルに着いて
「碧いうさぎ」を歌いながら階段をかけ登る
中学生たち

鍋物を用意してくれる仲居さんの
和服の袖から出ている手首も
深い毛におおわれて

『資料・現代の詩　２００１』（日本現代詩人会編）より

風

晩夏の公園は
ひっそりとしていた
桜とつつじの季節は遠くすぎて
いま
売店も雨戸を締め
便所も桜のわくら葉が散り敷き
だれもいない
ただ蟬だけが鳴いていた

でも
公園には一すじの風が通っていた
わたしは風とともに歩いた
木陰に立ちどまって

風を抱き寄せ　風にキスした
風は一瞬こわばった表情になり
蟬も鳴きやみ
木々のみどりもしばらくひきつっていた

ひっそりとした　晩夏の公園
わたしは
やわらかい風につつまれて歩いた

（自選詩集『花』より）

Junction

アメリカ発の経済原理が
桜ともみじの
この小さな島国に移植され

隣の米屋が滅んでいく
向こうの酒屋もいつのまにか姿を消した
そして　強い者はわがままになるほかない

桜の季節になると　里や浦で
校歌をうたいながら
小学校が滅んでいく

もみじの季節も知らないまま

亡くなった老人が
都会の一室で見つかったり

小さな島国の痙攣のように
福島では原子力発電所が爆発し
土そのものが　滅んでいく

ところで
いつも詩誌を送ってくださるKさん
足裏マッサージの技法を習い始めたとか

死者たちとつながりたくて　言葉を捜し
追われる人たちとつながりたくて
手指の訓練をするのだろうか

＊　Junction　――詩誌名

（「現代詩手帖」'12年8月号）

詩集『そのようにして』（二〇一五年）抄

大黄河

ぼんやりと毎日を過ごしていても
ときには
意外なできごとに出会うものである

ある夜のこと
テレビレポート「大黄河」を見ていたら
チベットの若い僧がでてきて
鳥葬される死者を前に
こう語っていた
「人を殺した者も　馬を盗んだ者も

裏切り者も
みな　極楽浄土へ旅立つことができる……」

その時
顔立ちを見ていて気がついたのだが
この僧は
数年前に甲子園で力投していた某高校のピッチャーではないか
たしか
あの時の彼にまちがいなかった
こめかみを這う静脈
首に光る汗
筋肉の腕やはげしい目の静寂
（そして
空の青も　立っている砂漠も）
甲子園から黄河上流へ
その圧縮されたひとつづきの時間を

ゆっくりとたどってみることができる
この僧は
機会さえあれば
甲子園での激戦の思い出を
語ってくれるはずである

つるし柿

うっすらと不安を抱いて
流れつづける日日……

ここに　こうしていていいのだろうか
いや、ここはどこなのだろう

きょうは思いついて
北山を一つ越えてみた

田舎の道の駅で渋柿を一袋買った
手にぐっとくるうれしい重さ

それにしても

とりとめのない日日のめぐりよ
女たちはますますおしゃべりになっていき
男たちはますます足早になっていく

きょう一日は　確かにあるのか
あすはどうか

庖丁で渋柿の皮をむく
軒下につるすと　輝く赤！

流れていく日日にあえて打つ
小さな句読点のように

洗濯ばさみ

何をはさみそこねたのだろう
二階のベランダから庭へ落ちてきた
みどり色の洗濯ばさみ

いい香りの肌着でも
はさむ予定だったのか
それともきょうの青空一枚、という高望み？

あるいは一つの役目を終え
庭の椿の緑に飛び込んで
別の夢でもみるつもりだったのか

だめだめ

その小さなばねではだめ
一度まっ逆さまに落ちるしかない

そうして土の上にじっとして
はさみとしての存在の
かずかずの徒労でもかみしめてみることだ

落下の無重力を経験し
生きていくことの新しい引っ掛かりを
願うのもいいだろう

みどり色の洗濯ばさみ
拾い上げ部屋の机に置いてみる
まあ　何というシンプルな構造物
それは哲学よりも明晰で美しい
光と風の中でたわむれる　小さなみどり

小さな意志

しばらくかたちを眺めたあと
きょう　思いがけない人から届いた手紙を
それではさんだ

ティッシュペーパー

これまで
どこにいるのか分からなかった神様が
最近わたしのところにも
遊びに来てくれる

たとえば座椅子をすこし後ろに倒して
目薬など差していると
そばに立って
そのしぐさを不思議そうに眺める
見なくてもいいものばかり見てきたせいだよ、
とわたし

きょうは目薬を差し終わると

神様はすぐに
ティッシュペーパーの箱から一枚抜き取って
わたしの目を拭ってくれた

ある一日

恩寵、とでもいいたいような
冬の一日を
いま終えようとしていることに気がついた

それは穏やかな日で
ほとんど何もしなかった
ただ
「息子が足摺岬の近くで釣ってきたけん」
といって
クエを一匹　持ってきてくれた人がいた
わたしはお返しに
畑で育てた大根と里芋をさしあげた
きょう一日は

それだけだった

しかし
それだけだった、ということが
なぜかうれしい
「それ」が
くっきりとした美しいかたちをとっているし
「それ」以外の
庭に出て落ち葉を掃いたり
咲きはじめた水仙の前にしゃがんだり
冬日の差し込む部屋で
ただ無為に過ごした時間が
いつにもまして
濃い光につつまれているのだった

魚をもらって
かわりに畑のものをあげる

太古の昔からつづけられたであろう
この聖なる営みを
静かにことほぐ一日だった

ウグイス

吾妹子に恋ひすべなかり、と詠むほどのいとしいひと
どこにもいるふつうの女性が
その女性のまま
こんなに輝く　絶対の存在に変身する

手の中に団栗という故国あり
縄文のころからのあの小さな団栗が
団栗のまま
こんなに深く　大きな存在に超え出ていく

世界は広い、と言われることの本当の意味は
この世がこの世のまま
永遠なるものに開かれている、

ということだろう

ところで
年度末の忙しさに鬱屈していたある日
時間をみつけて畑の草を取っていたら
横の小山でウグイスが鳴いた
　アー　ドキドキシチャウ！

驚いたのはわたしだ
はっきりとしたつやのある少女の声で
うれしいことがすぐそこに迫っているみたいに
早口に
　アー　ドキドキシチャウ！

このあたりのウグイスは
「ホー　ホケホケキキョ」などと
正調をくずした鳴き方をするのだが

こんなに鋭い喜びの声を響かせたのは初めてだ
ウグイスが
日本語でわたしをノックしたのではなかったか
もつれ合う日日のとらわれから
広い光の中へ連れ出すために

＊　吾妹子に恋ひすべなかり胸を熱み朝戸開くれば見ゆる霧かも（万葉集　巻十二）
＊　手の中に——モーレンカンプふゆこ（オランダ在住）。この句は'12年12月末の「天声人語」で紹介された。

三月の空

三月の光は
やはり悲しい

一九八八年三月二四日
わたしの学校の修学旅行団が
上海郊外で列車事故に巻き込まれた
子供を失った親たちは泣きくずれ　途方に暮れ
黄砂にかすむ日日を弔花が染めた

二〇一一年三月一一日
東日本の海辺の町が津波に打ちくだかれ
セシウムの灰に人びとはふるさとを追われた
それでも季節はめぐり

雨が降り　花が咲き　美しい雲が広がる
祈りのほかには　何もない
三月の光はまことに純粋の光である

今年の学校での慰霊式が終わると
畑や庭の手入れにかかる
去年のゴボウの種が飛び散って
あちこちに小さな葉を伸ばしている
ゴボウ専用の畝を作って移植した

庭の植え込みには
ヒトリシズカの種が落ちてたくさんの芽を出している
カビにやられることもあるから鉢に小分けした
腰が痛くなって背を伸ばすと
どこまでも広がる水色の空だ

三月の空――
その端っこを切り取って　胸のうちに移植する

コスモス

あーちゃんが自分で立ち上がって
初めて三歩あるきました！
と若い母親からメールが来た
孫娘の名は　あかり

その日　わたしは畑に出て
おのれ咲きのコスモスに囲まれ
エンドウを植えるための畝をこしらえたのだった
こちらへ倒れかかる花を
向こうへ押しやったりしながら

宗教哲学者の上田閑照によると
「直立して我と言う」

これが人間存在の根本的な在り方だという
足元や周り　そして頭上の
我ならぬものとのつながりの中で初めて我が在る
「我と言う」はその自覚の表明だと

わたしが秋の花花に囲まれて
畑仕事に精を出している時
あかりは自分で直立し
危うい足どりで「我」のほうへ　一歩
視界を広げたのだろう

そばにいる母親はもちろん
部屋の中の壁や家具類
さらに窓の外の屋根　そのむこうの青い空……
我ならぬものがコスモスとなって揺れたのを
ちらとかいま見ただろうか

そのようにして

赤ん坊を
そっと抱いてあげたい
右のてのひらでお尻をすくい
左手で小さな背中や首を支え
顔をのぞき込みながら
繰り返し名を呼んであげたい
世界が少しずつ広まり
深まっていくようにと

あのひとを
しっかりと抱きしめたい
髪などをやさしくなでてあげたい
なにも特別なことではない

ただそれだけのことに心を尽くしたい
その時
胸の内を満たす声にならないことばこそが
この世に質量をもたらすヒッグス粒子であることを
思い知るのではないか

季節の中で咲く花花を
やわらかく抱き寄せたい
手折るのはやめにして　少し離れた位置から
日の光に揺れる色や形を
飛んでくる虫や鳥たちを
過ぎていく時間を
透明な視線で包んであげたい
あらゆるものがつながりあう
そのリズムに打たれていたい

目の前に迫る世界を

ゆったりと抱きたい
そんなことができるだろうか
そんなことばがあるだろうか
きっと赤ん坊が足をふんばって泣きわめくように
腕からはみ出してもがくだろう
鋭い部分がこちらを刺してくるかもしれない
それでも
幻影の下の裸形を求め　腕をすこしゆるめるようにして
その脈動のどこかに触れていたい
もし
伸びた世界の首のあたりから
かすかによろこびの声がもれたとしたら！

そのようにして
死ねるものなら　死にたい

詩集『解体へ』（二〇一六年）抄

庭にしゃがむ、畑に立つ

1．新しい季節

やわらかい袋状のものが
落葉の中から出てきた
もうそろそろ
ヤマシャクヤクやウドの芽が出てくるころだと
二月も終わりの植込みを
棒切れでつついていたら

3㎝くらいの大きさの

なにやら生きものらしい
茶色　あるいは色の定まらない枯葉色
ひっくり返すと　白
よく見ると
か細い手と足が　ねばっこくたたまれている
小さな蛙だった

まあ
なんという無防備な姿よ
ひっくり返せば白い腹を天に向けたまま
じっとしている
自分を愛してくれるものの手を
信じきっているかのように
いや　愛そのものであるかのように

もとどおり落葉をかぶせてやる
この秘密の場所から

新しい季節が始まる

4. 草を刈る

夏は朝早く鎌を研ぎ
畑のあたりの草を刈る
鎌の柄は軽い木でできているから
快い切れ味がさらっと手に響く
飛び立っていく羽化した蝶
逃げていくバッタたち
浮かんでは消えていく涼しい想念

ざわめく草の無名性がうれしい
根の張り方　茎の形態　葉の形
みどりの多彩　香りの鮮烈
刈っても刈っても芽を伸ばしてくる

底の知れなさ……

幾千年　幾万年と
人は草を食べ
草をかき分けて歩いてきた
草をしとねとして休み
草を屋根として眠った
草を追い払い　草に攻められ
草の汁で傷をいやし
そうして
草に守られて睦みあった
ときには草の葉をかんで悔しがり
草の葉を吹き鳴らして喜び
また悲しんできたことだろう

夏の朝は鎌を研ぎ　草を刈る
刈った草の香りの中に立つと

四万十川で暮らした幼少の頃を思い出す
下校のおりには友だちと
文字どおり道草をくって遊んだ
草いちごを採って食べ
棒切れで草むらに隠れる蛇を追い
やぶの中の蜂の巣をつつき
草の葉を飛行機にして谷へ飛ばし
広い葉を結んで清水を飲んだ
友との別れ道にさしかかると
蚊屋吊草の茎を二人で両端から裂いていく
裂けめがまん中で行きちがって菱形に開いたら
何回でもやり直し
うまく茎が二つに裂けたら
「さよなら、またね」と

朝露に光る草の中に立つと
祖父母に連れられ山の畑に行った時の

道道の草のうごめきがよみがえる
ぬれて重くなるズボンの裾
足の指にカヤの葉を引っかけて
血をにじませたあの痛さ
露にきらめくクモの巣　またクモの巣
細長い草の茎をとって輪を作り
クモの巣を次次と引っかけていく
露のレンズができ上がると
日が射しはじめた向こうの赤い山山を
それで眺めた

思えば遠くへ来たものである
こうして夏草の果てに立つと
なぜか
朝の街や車の列が
今でも　露のレンズで眺めた時のように
美しくゆがむことがある

5．秋海棠に寄せて

あまり広くもない庭だけれど、自分の好きな木や草花を植えている。その一つ一つに、由来と小さな思い出がある。例えばシャラ。わたしの退職記念として、職場の仲間と夏休みに京都に旅したことがあった。三十三間堂を尋ねた時、その庭にあった「印度沙羅」の実を拾ってきて植えたものだ。今では初夏のころ、香り高い純白の花を咲かせる。あの日の仏たち。朝の集会に並ぶ女生徒たちのような、りりしい姿であったのを思い出す。

また、例えば秋海棠。これも中学校に勤めていた時、一学期末の忙しいわたしの机に、ある講師の方が活けてくれた。そのまま長い夏休みを経て二学期に出てみると、葉はおおかた枯れていたが、その付け根のところに、いくつかの零余子《むかご》がついていた。これは大切にとって帰らなくては――。

その秋海棠が、いまわたしの庭のあちこちに、うつむきかげんの花をつけている。

近寄ればおののく　朝の紅いろ
宙づりの脈搏

この世にやわらかな関節をもつ茎
この世にかすかな声をもつ花弁

咲きついで　ここに在るうれしさ
足もとに寄り添いこぼれ散る紅

八月のいくつもの記憶の薄紅
消えてはともる　粘膜や　ことばや

歪んだハート形の葉の上を
日は巡り　蝶は横切り

空蟬は地に転がって

宙づりのままに降りそそぐ紅の雨

そうして
夏が過ぎていく

6．蝶

庭の木陰に
アゲハチョウの羽が
散らばって落ちていた

寿命が尽きたのか
思わぬ事故にでも
遭ったのか

胴の部分は見えないが

蟻が引いて
隠したのかもしれない

それにしても
造化の紋様の　美しいこと
散乱した羽の　配置の妙

天の窓を飾っていた
ステンドグラスの一枚が
こわれて風に舞い
地上に届けられたのだろう

7．晩夏

暑い夏になってしまった

先の大戦を振り返るかずかずの行事
せわしいテレビ番組
憲法を揺るがすような「集団的自衛権」
そしてさまざまな災害　事故……
戦後七十年の　水を下さい、
とだれかに呼びかけたくなる

部屋から　枝を垂れる庭の木を見る
サルスベリが咲いている
桜はすでに病葉を落としはじめている
わたしも
手に　頬に　声に
晩夏の光で浮き上がってくる傷を感じる
夜中に家を出たまま
帰らなくなっていた少年と少女が

むごい他殺体となって発見された
間もなく容疑者の男が逮捕されたが
コンビニや街路の防犯カメラから
割り出されたという
市長だったか
「もっとカメラを増やさなくては」

はからずも
辻井喬『新祖国論』の一節を思い出した
いま万般にわたって
果てのない競争にさらされるなか
「マーケティング病とでも呼ぶしかない現象が
わが国を席捲している。」
それは第一に
この世のすべてのものごとを「商品」として認識し
幼少の者から高齢者まで
「消費者」としてのみカウントするということ

第二に
本来は休息・睡眠の時間であったはずの夜までも
「市場」に変えようとしていること
若者たちの　きつい勤務
迫り出される者　深夜をさまよう者……
「頻発する経営の不祥事、社会的事件、
悲劇のかなりの部分が、
このマーケティング病の結果なのではないか
という気が僕にはする。」

まことに　息苦しい季節である
構造化されていく〝病的現象〟
深夜に消えた少年少女の悲劇も
防犯カメラで根本的に防げるとは
だれも思ってはいまい
やむをえず
「カメラの増設」と言ったのだ

真理はどこかにあるのだろうか
いまわたしたちは　多くの局面において
やむをえず、を生きている
やむをえず　疾走する車に乗り
やむをえず　携帯電話を抱き
やむをえず　子供たちを
学校という制度の中に送り出している
どうしていいのかわからなくて
わたしは部屋を立ち
庭に出る
風に当たる
桜の病葉を掃き集める

この世のどこかに
生きることの根柢をさぐるみちはないものか
繰り返し

ことばといのちに立ち返る方途はないか
畑に降りて
育ててきたジャガイモを掘る
大きな雲の
輝きを見上げる

詩集『洗面器』（二〇一九年）抄

切ない

胸の奥がじーんとふるえる
月日が音もなく過ぎていくということ
すべてのものが
わたしから去っていくということ
この　取り返しようのないできごと

万葉のむかしから
みなこの切なさを詠みつづけた
大切な人がこの世を去っていく
愛する人の声が途切れてしまう

昔を今になすよしもがな、と
歌いつづけた
あはれ、と言い
いとし、と言い
さびし、と言い
かなし、と言い

秋が来て　冬が来て　春や夏が来て
また秋が来る
木の葉が散ってまた芽ぐむ
しかし　季節も星座も
わたしの回りでらせんを描きながら
かなたへと遠ざかっていく
朝顔やすでにきのふとなりしこと、*
と振り返り
風立ちぬ、いざ生きめやも、
と告げ合って　肩を抱く

ひとと会い
コーヒーや　世間話に時を過ごしたり
旅に出て
雲を仰いだり
庭で鉢植えの世話をする日があったり
こっそり小鳥が近づいてきたり
この世のすべてのものが
それ独自の姿、形、声を与えられて
いまひとときを生きている
それが切ない

＊　朝顔や——鈴木真砂女

笊

遠い冬の日
畑の下の谷川で
祖母がよく里芋を洗っていた
笊にたくさん掘って入れ
水に浸しながら揺すり揺すって

――あれから幾十年
日が昇り
日が沈み
この世のすべてのものが
まことに　大きな笊で揺すられた

こすれ合い　ぶつかり合い

汚れは洗い落とされていく
余計なものは剝ぎ取られていく
揺れはやさしく
時に激しく

笊から外へとび出すもの
どこからかまた加わってくるもの
揺すられ　洗われた物や人が
なるほど、という姿になって
残されていく

さて　きょうは
残されたものたちの新年会
みなの声がすみずみまで響き合った
そしてさらに
やさしく洗われたひとりのひとと

古い居酒屋にたどり着く
ここでも笊はゆっくり揺れる
焼酎のグラスを手にしながら
そのひとは不意の素顔をみせ
わたしも里芋の煮っころがしなど挟みながら
大切なことばをこっそり告げた

花

さきほどから
一匹のアゲハチョウが
庭のあたりを　ひらひら

小さな風に揺れるヒオウギの花に
止まろうとして　止まりそこね
やっと取りついたり

花の終わったアジサイの
あの葉　この葉を
何か探してさまよったり

と、急にふうっと飛び上がり

門の近くの垣根の茂みを向こうへ越えた
向こうに何が?

何がって
そこから先はただの道　乾いた道
しかし……

蝶が　意を決したように身を翻し
風に押し揺られながら向こうへ越えた時
その行くてに

一つの鮮やかな花の姿を
わたしはたしかに見たのだが

夕焼け雲

庭の水道水を細く噴射して
アルミのなべを洗うときの音
イヤヤワ　イヤヤワ　イヤヤワ　………

列車の車輪が
レールのつなぎ目を通るときの音
コレカラ　コレカラ　コレカラ　コレカラ　………

あちこち叩かれて
わたしが窪んでいくときの音
ボク　ボク　ボク　ボク　………

焼酎のお湯割りを飲みながら

一日の果ての
夕焼け雲を眺めている

庭で

詩はことば遊びである、
と言われることがある
たしかにそんな一面もあるが
そうではない、とも言える

世の中が苦に満ちているからこそ
遊ばずにはいられない
そのとき
ことばは慰めとなる

人の世が苦に満ちているからこそ
そのことを見つめずにはいられない
そのとき

ことばは光となりうる

いま　庭にはヤマアジサイが
梅雨晴れの空に向かって咲いている
白のホタルブクロも
うつむきかげんに咲いている

花たちはそれぞれに
ひとしれず悲しみを抱いているから
つい　ささやかなはなやぎとなり
また祈りの形をとるのだろう

紙のことが

紙のことが
頭をよぎった

紙は　燃えやすい
特にローソクの火とは親和的
引き寄せる時は
目を離さないように

紙は白く　そして薄い
その向こう側に訪れる
花や風
人の生死が透けて見える

紙は軽い
いえいえ
重なったらたいへん重い
紙は大きな歴史を背負ってきた

わたしがいつも好きなのは
ティッシュペーパー
とてもやわらかい
わたしたちのキスにも傷にも親しい

わたしがいちばん好きな形は
紙飛行機
小さな思いを乗せて
少し前へ飛んでいく

〔追記〕昔、祖父母が紙の原料となる楮やミツマタを採って暮らしを立てていた。肌寒い早春、山奥の作業小屋でミツマタの大きな束を釜で蒸し、むしろを敷いた土間に引き下ろす。湯気の立つ中で一本一本皮を剝ぐ。わたしも、飛び散った黄金色の花の香りの中で、仕事のまねごとなどしながら遊んだものである。その頃の祖父母の思いは、きっと、幼いわたしを少し前へ飛ばすこと。

ペットボトル

　　カコン　カラコロ　コロン　コロ
何かのはずみで
庭に転がり落ちた用済みのペットボトルを
蹴ってしまった
ヒトリシズカや
黄水仙の咲き始めた植込みの方へ
　　コロロン　コロロ　コ
しばらくはしゃぎ
止まったとみえて　また
小さな風に後押しされるように
　　コ　コ　コッ　カコ

これまでずっと濡れ縁で
空っぽ、をため込んで
ため込んで
その重さにうんざりしていたところを
思いがけなく
新しい風と光の中に解き放たれた
転がるごとに
空っぽ、を振りこぼし
空っぽ、をまき散らしていく
かるく跳ね　震え
そして止まって横になっても
ペットボトルはゆっくりと
呼吸をつづけた

植込みに
空っぽ、が広がり　満ちていくと
黄水仙　スミレ　トサミズキ　ヤブツバキ

花花が
ひときわ鮮やかに色めき立ち
木木の新芽のはじける音が
さらさらと響き合った

かたち

魚は流線形
重い水をくぐるために
瀬をすばやくさかのぼるために

鳥は流線形
気流に抱かれ縦横に遊ぶために
疎林をするどく突き抜けるために

木は流線形
激しい風雨の中に立つために
天と地の恵みを十分に受けるために

あなたの皮膚も流線形

しかし　ことばはそれをはみ出そうとする
この世の喜びや悲しみを歌うために

わたしたちが愛し合うとき
ちょっぴり　歪んだかたちになることもある

乾いた音

――詩と版画のコラボレーション展
「愛ひととき」に寄せて

女、それはとても不思議な存在だ
どんな蛋白質が
からだを経めぐっているのだろう
わたしを至福へと押し上げたり
あっさり　虚無の中へ置き去りにしたり

女を蛇のイメージで描く文化がある
旧約聖書の流れである
それはあまりにも、と思う反面
なるほどと合点することもないではない
女は蛇のように脱皮するのだ

やさしく抱き　髪をなで
いとしい思いで見つめていると
おもむろに自分の皮膚を脱ぎはじめる
すこし疲れたからだでベッドに並んで横たわり
ほとんど意味もない言葉を交わしているとき

わたしとは反対側の手で
（おそらく無意識に——）
女は脱ぎ捨てた自分の半透明の皮膚をもてあそぶ
そのセロファンのような
乾いた音を聴くのが好きだ

洗面器

夏は
朝食前の涼しいときに
畑仕事を一つ済ませる
それからシャワーを浴びると
毎回のように
洗面器に浮かぶ　白い垢！

分子生物学によると
わたしたちの体は
絶えまのない分解と合成のさなかにあり
組織は交替し
自分は自分からずれながら
ようやく平衡を保っている、と

危ういような　うれしいような
からっぽのような
希望のような

おぬしは見るべし
朝の洗面器に漂う花筏
そこから立ち上がって　よろける
一つの影を

美馬旅館

「随処に眞あり」

老舗、美馬旅館の玄関を入ると
林芙美子の筆になるこの言葉が
まず目につく
取材旅行で四万十川のこの地を訪れた時
投宿したのだという
わたしたち詩誌「兆」の仲間も
夏にはここで合宿する

今回（'16年）は作品の合評と
金時鐘の
『朝鮮と日本に生きる』を読む計画だ

まずKさんの「蛙語」から
草野心平の蛙「ごびらっふ」のコトバをたどりながら
自分の少年時代の田圃や里山での暮らし
蛙語の消長と孤独に思いを致す作品だ
次にMさんの「恋歌」
若い日の「あなた」との思い出と悔恨
伝えそびれた恋歌を定年退職も過ぎた今ごろ書き起こす
実存の謎としか言いようがない
またYさんの「黙馬」
時を経ずして亡くした妻と母
黙馬のいたずらとしてその悲しみを綴る
評の対象に納まりきらないものがある

随処に真あり

とはいえ
ビール一本とって始まるこの合評

遠慮のない痛棒も打ち下ろされる
例えばわたしの詩行、
「詩は信疑の対象であることを超え
　まず　それを生きるほかはないものだったのではないか」
このように言い切っていいものか
詩を生きる、とは具体的にどういうことか
うーん
問われてみるとむずかしい
対象を突き放して批評することも大事だが
一体化して歌うことも大事
さしあたりこう言っておこう
Mさんの「恋歌」も
Yさんの「黙馬」も
そこで苦しんでいるのではないか

ところで
わたしたちの合宿は今回で25周年

県下各地の田舎宿を巡り
最近はここ美馬旅館が常宿となった
なぜか
詩の仲間のTさんがこの町で暮らしていること
Mさんの「恋」が
四万十川と微妙に関係しているらしいこと
そして何よりも
わたしの生まれ育ったふるさとが
この川を少し下った村であること、など

水のにおいがなつかしい
今もって大きな川の流れが
わたしの胸のうちを蛇行しつづけている
たとえば雨で出水となった時
岸の竹藪を呑み込み渦巻く濁流
その中に大人たちが網を入れる
不思議な魚が引っかかってくるのだった

毛のはえた大きなはさみのモクズガニも
出水が引き　水が澄み
河原の水たまりに取り残された魚たち
追い回すと石ころの隙間に隠れる
それを手づかみする　虹色のオイカワ！
支流のまた支流の谷川で
笊を沈めて岩の下に群れいる小エビをすくう
跳びはねる　光光光……

随処に真あり

合評会のあとは
Tさんも交えて夕食会
アユの塩焼き　テナガエビの唐揚げ
山菜のてんぷら……
ある年は「セーラー服のかっぱ」の話で席が沸いた
（この宿に入る前に四万十川かっぱ館を見学したのだ）

ある年はテーブルに　桜貝など
小貝を入れた皿が飾られた
（窪川原発予定地だった浜辺の近くを吟行したのだ）
詩とは何だろう、
を問うたあと
こうしてひととき　詩を生きる

東京

何という人の大群！
どうしてこんなに集まっているのだろう
やさしいヌーのように
恐ろしいフラミンゴのように

みな何をしているのだろう
畑を耕しているでもない海で網を引くでもない
雨季や　乾季は
あるのだろうか

この人たちは何を食べているのだろう
シーフードとかいった
えたいの知れないタンパク質か

ライスなどの出所不明のデンプンか
高知の山間の香り米や
土佐湾の海の幸を食べてくれたらいいのに
四万十川の川風の
てんぷらとか

駅の改札を通り抜けようとしたら
どうしたこと　ぱったり横棒で阻まれた
駅員が駆け寄ってきて
わけを説明してくれた

わたしの胸にも響く日本語で

朝露館

益子はとても不便なところです、と
石川逸子さんの手紙にあった
そこは里山の多い田舎町
車がやっと通れるくらいの道を曲がって
一つの小さな森に隠れるように
木造二階建の朝露館《ちょうろかん》はあった
石川さんのご主人、関谷興仁さんの
陶板彫刻美術館

一歩入ると
いきなり壁や床にあふれんばかりに
インスタレーションされた黒い陶板
瓦礫のように放り出されたものもある

白い文字が書き込まれている
殺された人の名前
生き残った人たちの証言
数数の詩篇……
放射能に汚染されたフクシマの
町や村の地名も見える

朝露館は
一つのできごとである

水俣　ヒロシマ・ナガサキ　アウシュヴィッツ
中国人強制連行　沖縄戦　済州島……
関谷さんは土をこね
ろくろを回し
陶器を焼き上げる過程において
その土の塊がそのまま死者の顔となり
叫びとなり　怨念となって

迫ってきたのだという
「僕には　それを造形している暇はもうなかった。
その衝撃を受けた言葉を
土に彫りつけるしかない。
にじんでくる目をこすりながら　夢中になって。」
（「製作メモ」より）

支配権力によって
不条理に虐殺された人たちの　恐怖や無念
その悲しみは
どんな形象化をもはみ出すのだから
ただ固有名と　残された言葉を
書きとどめる以外に方途はなかったのだ
悼、という一字を添えて

朝露館はたしかに
一つのできごとである

みんな　生きていたのだ
子供も　老人も　床屋さんも　町工場の人人も
それぞれに青い空が広がり
雲が流れ
新しい季節の訪れがあった
友人知人との日日の交流があり
何よりも大切な家族があり
一人一人　夢を抱いて生きていたのだ
無残に打ち砕かれたそれら存在の彩りを
「無かったこと、にしてはいけないんです」
と関谷さんは語った

さまざまな形の陶板は
いくつかが寄り集まり
黒い花弁のようにつながっていたり
あやしい雲の固まりのように張り付いていていたり

そこに書き込まれた白い文字
「最も　恐ろしい瞬間は
　ガス室を開ける時で
　顔をそむけたい　あの光景が　嫌でも目に入ります
　人々の肉体は　玄武岩というのでしょうか
　まるで石の塊のように　一つに凝固しています
　そして　そのまま　ガス室の外に
　崩れ落ちてくる！
　……これほど　つらいものはない
　これにだけは　決して慣れることはない」
「想像してくださいよ　昼となく夜となく
　男女を問わず　死者の間
　死体の間で働いているうちに
　感情は消え去ってしまうのですから」
　　――「SHOAH」（ナチスによる大虐殺）の証言より
書いても書いても書ききれない思いで
関谷さんは筆を握ったのだろう

チェルノブイリの展示コーナーには
震えるような　不思議な言葉も書き込まれている
　「私は　こわい　愛するのが　こわいんです」

中国人強制連行の
すきまもなく並んだ固有名のところどころに
「殺サレタモノタチハ眠レナイ
　ドウシテ　眠レヨウ」
「出ておいで　たくさんの〈わたし〉たち」
あるいはただ「風ガ」、「鳴ル」、
だけの陶片もさしはさまれている
関谷さんはわたしたちを案内しながら
「お金があまりないもんで、いい土が買えなくてね」
とも付け加えた

農家の庭のような
朝露館の敷地のかたすみに

ちょうど青とピンクの二株の露草が
花をたくさんつけていた

〔付記〕わたしたち「兆」の仲間で、益子の朝露館を訪ねたのは、'18年6月10日。昼休みをはさんで、午後はそこで催された『SHOAH』の翻訳者、高橋武智氏の講演を聞いた。『SHOAH』は、アウシュヴィッツ強制収容所の生き残ったユダヤ人、ナチス・ドイツ側の看守、近所の住民の証言をそのまま撮影し、映画化した、そのシナリオである。監督、クロード・ランズマン（フランス）。一九八五年。映画は9時間半に及ぶ。

祝福

美しいものを見た
冬の　ある夕暮れのことである

買物客でごったがえすスーパーマーケットから、酒の肴になるものをいくらか買って出てきたところ、思いがけなく、なつかしい女性に会った。三十年くらい昔、わたしがよく通っていたバーのママである。

「まあ、林さん、お変わりないね。」

「あなたも、元気そうじゃないか。」

人ごみをちょっとよけて、二人は立ち話をした。その後のあの店のことなど。事情があって、もうかなり前に閉じたという。今はこの近くのマンションに、一人で暮らしているという。あのころはわたしの書いた詩も読んでくれたし、わたしが店に行った時は、よくはやりの歌をデュエットしたものだ。三十年の歳月が、さまざまな形の引っかき傷を残しながら去っていったことを知る。
一呼吸、話がとぎれて、二人がなにげなく夕暮れの通りの向こうに目をやった時、一つの建物がいましも金色の光を浴びて輝いていたのだった。夕日が当たっているのである。かつてはその店には多くの客がついていたのに、こちらにスーパーマーケットができてからは、すこし寂しくなっている。その店が、いまライトアップされたように、暗くなりはじめた街に浮き上がっているのである。どういう日のかげんか、雲のかげんか、不思議なことにその店だけが、浅緋といったらいいか、煉瓦色といったらいいか、刻刻、深い色に染められていた。西日が当たっているというより、その建物自体が、内部から燃えているようだった。

二人はだまって
闇に傾いていく通りの向こうの
まだ光を放つ溶岩のかたまりのような建物を
見つめていた

はるかかなたから
その店にだけまっすぐに届けられた
大いなる祝福のようだった

雪夜

「親子になる」と題する芹沢俊介の文章の中で、次のような話が紹介されている（'18・1・15高知新聞）。そのまま引用してみる。

――「お母さんは優しくて、お父さんはお金をたくさん稼いでいる。2人は、もうすぐ私を迎えに来てくれることになっており、今、その準備をしているのだ。そうしたら、今度は親子一緒に暮らすのだ」

これは虐待などの理由によって親から離され、施設で暮らさざるを得ない子が、抱いている願望の一つだ。これを「幻の親物語」と呼ぶ。子どもは、どこにいるか行方の知れない両親に対するあえない期待を、このような物語にして胸の奥深くに、しまっているのだという。――

この子に寄り添い愛情を注ぎ続けたのは保育士さんであるのに、と芹沢は付け加えている。

加藤楸邨に次のような一句がある。

　雪夜子は泣く父母よりはるかなものを呼び

夜、幼い子どもが泣きだした。どんなにすかしても泣きやめない。からだを暖めてやっても、おむつを取り替えても、お乳を飲ませようとしても治まらない。外には、音もなく白い雪が降りつづいている……。もしかしたらこの子は、いま抱かれている父母よりもはるかかなたにある、自分をこの世に届けてくれたほんとうの父母に向かって、呼びつづけているのではなかろうか、外の、聖なるひびきに誘われるように——、と楸邨は直観したのである。ここでは、「はるかなもの」を「幻」とはとらえていない。幼い子どもに幻などあるはずもない。

子どもたちの、本能的な根源へのあこがれ。それにかかわる二つの表現に触れながら、わたしは、〈詩〉および〈詩人〉についても、思いをめぐらさずにはいられなかった。

この現実のかなたにある、言語化できない、もう一つの実在に向かって、

泣き、語りかけ、
そして祈るもの——

柿

庭のかたすみに
熟した渋柿が落ち
つぶれて緋色の果肉をさらしていた
激しいできごとの後の
しずけさで

頭上の枝枝には
まだ熟しきらないいくつもの柿が
心配そうに下を見おろしている
大丈夫
あなたたちの落下を支えるために
大地はいつも
手を広げて待っているんだよ

そんな詩人の声も聞こえてくる

ところが
つぶれた柿へ一歩近づいた時
黒い美しい蝶が
ひらひらひらと飛び立った
柿のそばに身をひそめていたのだ

そうか
そのような月日が流れてきたのか
柿はこの蝶に会うために
初夏の若葉
花
そして実をつけ
重さを養い
渋を甘みに変え
ついに落下して

思いの傷口そのものになったのである
蝶も
この日を待って訪ねてきた

ふとした折に

ふとした折に
いま　この時を
ここに　こうしている　この時を
そのまま取り逃してはいけない、
と切に思うことがある

例えば　朝
庭の柿落葉を掃いている時
虫にくわれた葉の　不思議な形
美しい色あい
露の光
いまそれをほうきの先で掃いている、
ということ！

思わず手を止める
しかし　どうしようもないから
掃き終えて道具を片付け
空を見上げたりするのだ

また例えば　人と会う
お茶など飲んで店を出た時
そこに咲き始めたツバキに気付き
足を止める
まるで小さな手品をほどくように
鮮やかな真紅の一点
思わず寄り添い
ふたりでそれをのぞき込む、という
いのちの　かたち
息遣い……
しかしどうしようもないから
車のエンジンキーをさし込み

きょうは会えてよかったね、などと
せんない言葉を付け足すのだ

取り逃したくない
無名の「時」がある
何かに紛れて気付かなかったもの
あるいは　遠くからやってきたもの
それらと行き合い　共振を起こす
そのような
うずくひととき――

ひぐらし

ふたり並んで　小道を歩いた
生きていこうと
花の名を教えあった

道の駅から　海を眺めた
生きていこうと
風の香りを確かめあった

ふたり並んで　夏が過ぎていく
かなかなかなと
ひぐらしが鳴いている

告げ合ったことばの　こだまのように

後記

自分で「代表詩選」と名のるのもどこか気が引けるが、まあいいだろう。わたしが八十四歳（7回めのネズミ年）を迎えた'20年2月、突然コロナウイルスが世界中に感染を拡げはじめた。さすがに年齢のこともあり、いま自分は何をしたらいいのか考えるうち、この詩集一冊の刊行を思い立ったわけである。

まず19冊に及ぶ若いころからの詩集を、改めて読み直してみた。やはり思い入ればかりが強かったり、冗長だったりして、ほとんど詩の体をなしていないものも多い。大まかに詩作の流れをたどってみると、第一詩集『むなしい仰角』から第五詩集『袋』までは、自分の職場である学校（教室）を主な舞台とし、幻想や不条理感覚をとり入れながら描いたものである。当時の社会情勢なども背景にある。

第六詩集『耳』から第十五詩集『花ものがたり』までの10冊は、そのころ中央詩壇でも話題の多かったポストモダン思想の刺激を受け、さまざまな題材、テーマ、書法を試みる、いわば試行錯誤の連続だったと言えよう。そのすべてがむだな回り道というわけではなく、中でも第十詩集『四万十川』は、はからずもわたしの生の根っこに触れるような、以後の詩作の隠れた水脈となるような作品となったのではないか。

'06年6月、日本現代詩人会「西日本ゼミナールin松山」が催されたとき、講師の依頼を受け、「日常の裂けめより」というテーマをいただいた。このことをきっかけに、「詩とは何か」という本質的な問いを強く意識に上せるようになった。わたしの場合、基本的にいえば詩の言葉は「経験」(思いがけなさ)をもとに発せられる、ということ。それも、空の青さを経験する、時の過ぎゆきに立ち止まるといった、日常の基盤を大事にしたいということである。第十六詩集『あなたの前に』から後は、特にその方向で自分の詩の内容や姿、形をととのえていく過程だったと言える。この選集のタイトルを、巻末の作品から採って『ひぐらし』としたのも、短詩ながらわたしのたどりついた一つの境地を示していると思われるからである。

最後に、新・日本現代詩文庫134、詩集『洗面器』につづき、本選集も土曜美術社出版販売のお世話になった。高木祐子、中村不二夫両氏をはじめ、関係するみなさんに感謝します。

二〇二一年二月九日

林　嗣夫

著者略歴

林 嗣夫（はやし・つぐお）

一九三六年 高知県生まれ

詩文集『定本 学校』（初版、一九七七年 第十一回椋庵文学賞）
エッセイ集『薊野通信』（二〇〇一年 ふたば工房 高知新聞連載）
林嗣夫自選詩集三部作『花』『泉』『風』（二〇〇五年 ミッドナイト・プレス）
詩論集『日常の裂けめより』（二〇一四年 ふたば工房）
新・日本現代詩文庫134（二〇一七年 土曜美術社出版販売）

日本現代詩人会、日本詩人クラブ会員
詩誌「兆」同人

現住所 〒七八一―〇〇一一 高知県高知市薊野北町三―一〇―一一

林嗣夫代表詩選　ひぐらし

発行　二〇二一年五月二十五日
著者　林　嗣夫
装丁　森本良成
発行者　高木祐子
発行所　土曜美術社出版販売
〒162-0813　東京都新宿区東五軒町三―一〇
電話　〇三―五二二九―〇七三〇
FAX　〇三―五二二九―〇七三二
振替　〇〇一六〇―九―七五六九〇九
印刷・製本　モリモト印刷
ISBN978-4-8120-2618-2　C0092